応接室でハルを連れたメル、ネイ、リセと対面した。
一応久遠も同席している。
「その、わかりやすく言うと、この子はハルであってハルではない……という存在らしいのです」
異世界はスマートフォンとともに。29

悪の研究者の企みを
阻止せよ!!

ブリュンヒルドの町からわずか三キロ。

その上空に直径三メートルほどの黒い穴が浮かんでいた。

周囲が歪んで、まるでゆっくりと回転しているかのように見える。

バチバチという小さな放電現象もあるようだ。

「……遅かったみたいね」

異世界はスマートフォンとともに。29

冬原パトラ illustration■兎塚エイジ

キャラクター紹介

神様のミスで異世界へ行くことになった高校一年生（登場時）。基本的にはあまり騒がず、流れに身を任すタイプ。無意識に空気を読まず、さらりとひどい事をする。無尽蔵の魔力、全属性持ち、無属性魔法を使い放題と、神様効果でいろいろ規格外。ブリュンヒルド公国国王。

ベルファスト王国王女。12歳（登場時）。右が碧、左が翠のオッドアイ。人の本質を見抜く魔眼持ち。風、土、闇の三属性を持つ。弓矢が得意。冬夜に一目惚れし、強引に押しかけてきた。冬夜のお嫁さん予定。

冬夜が助けた双子姉妹の姉。両手にガントレットを装備し、拳で戦う武闘士。ストレートな性格でサバサバしている。身体強化の無属性魔法【ブースト】が使える。辛いもの好き。冬夜のお嫁さん予定。

双子姉妹の妹。火、水、光の三属性持ちの魔法使い。光属性はあまり得意ではない。どちらかというと人見知りで、おしゃべりが苦手。しかし時には大胆。甘いもの好き。冬夜のお嫁さん予定。

日本に似た遠い東の国、イーシェンから来た侍娘。ござる言葉を使い、人一倍よく食べる。真面目な性格なのだが、どこかズレているところも。実家は剣術道場で流派は九重真鳴流《ここのえしんめいりゅう》という。隠れ巨乳。冬夜のお嫁さん予定。

愛称はルー。レグルス帝国第三皇女。ユミナと同じ年齢。帝国反乱事件の時に冬夜に助けられて一目惚れする。双剣の使い手。ユミナと仲が良い。料理の才能がある。冬夜のお嫁さん予定。

愛称はスゥ。10歳（登場時）。刺客に襲われているところを冬夜たちに助けられる。ベルファスト国王の姪。ユミナの従姉妹《いとこ》。天真爛漫で好奇心が旺盛。冬夜のお嫁さん予定。

愛称はヒルダ。レスティア騎士王国の第一王女。剣技に長け、「姫騎士」と呼ばれる。フレイズに襲われていたところを冬夜に助けられ、一目惚れする。テンパるとかなりどもるくせがある。八重と仲が良い。冬夜のお嫁さん予定。

元・妖精族の長。現在はブリュンヒルドの宮廷魔術師（暫定）。見た目は幼いが長い年月を生きている。自称612歳。魔法の天才。人をからかうのが好き。闇属性魔法以外の六属性持ち。冬夜のお嫁さん予定。

冬夜がイーシェンで拾った少女。記憶を失っていたが取り戻した。本名はファルネーゼ・フォルネウス。魔王国ゼノアスの魔王の娘。頭に自由に出せる角が生えている。あまり感情を出さないが、歌が上手く、音楽が大好き。冬夜のお嫁さん予定。

リーンが【プログラム】で作り上げた、生きているかのように動くクマのぬいぐるみ。２００年もの間改良を重ね、動き続けている。その動きはかなりの演技派俳優並。ポーラ……恐ろしい子！

冬夜の召喚獣・その一。白帝と呼ばれる西方と大道の守護者にして獣の王。神獣。普段は虎の子供のサイズで目立たないようにしている。

冬夜の召喚獣・その二。二匹でワンセット。玄帝と呼ばれる神獣。鱗の王。水を操ることができる。珊瑚が亀、黒曜が蛇。

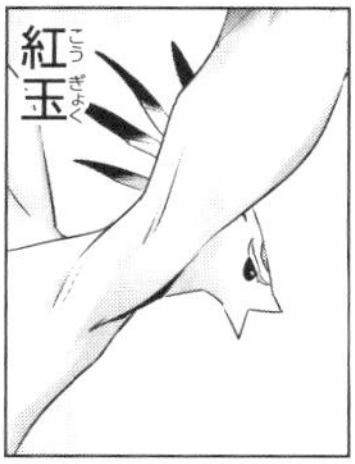

冬夜の召喚獣・その三。炎帝と呼ばれる神獣。鳥の王。落ち着いた性格だが、その外見は派手。炎を操る。

冬夜の召喚獣・その四。蒼帝と呼ばれる神獣。青き竜の王。皮肉屋で琥珀と仲が悪い。全ての竜を従える。

正体は恋愛神。冬夜の姉を名乗る。天界から逃げた従属神を捕獲するという大義名分の名のもとに、ブリュンヒルドに居座った。語尾に「〜なのよ」とつく。けっこうぐうたら。

正体は剣神。冬夜の二番目の姉を名乗る。ブリュンヒルド騎士団の剣術顧問に就任。凛々しい性格だが少々天然。剣を持たせたら敵うもの無し。

手違いで死なせてしまった冬夜を異世界に転生させた張本人。現在は世界の運営を冬夜に託している。下界におりてくる際は冬夜の祖父を名乗る好々爺。意外とおちゃめ。

時をつかさどる上級神で、普段は時空の乱れなどを防いだり修復したりしている。下界におりてくる際は冬夜の祖母を名乗っており、子供たちにもおばあちゃんとして慕われている。

バビロンの遺産、『庭園』の管理人。愛称はシェスカ。メイド服を着用。機体ナンバー23。口を開けばエロジョーク。

バビロンの遺産、『工房』の管理人。愛称はロゼッタ。作業着を着用。機体ナンバー27。バビロン開発請負人。

バビロンの遺産、『錬金棟』の管理人。愛称はフローラ。ナース服を着用。機体ナンバー21。爆乳ナース。

バビロンの遺産、『格納庫』の管理人。愛称はモニカ。迷彩服を着用。機体ナンバー28。口の悪いちびっ子。

バビロンの遺産、『城壁』の管理人。愛称はリオラ。ブレザーを着用。機体ナンバー20。バビロンナンバーズで一番年上。バビロン博士の夜の相手も務めていた。男性は未経験。

バビロンの遺産、『塔』の管理人。愛称はノエル。ジャージを着用。機体ナンバー25。とにかく寝てる。食べては寝る。基本的にものぐさで面倒くさがり。

バビロンの遺産、『図書館』の管理人。愛称はファム。セーラー服を着用。機体ナンバー24。活字中毒者。読書の邪魔をされるのを嫌う。

バビロンの遺産、『蔵』の管理人。愛称はパルシェ。巫女装束を着用。機体ナンバー26。ドジっ娘。しかもその自覚がない。うっかり系のミスが多い。よく転ぶ。

バビロンの遺産、『研究所』の管理人。愛称はティカ。白衣を着用。機体ナンバー22。バビロン博士及び、ナンバーズのメンテナンスを担当。激しく幼女趣味。

古代の天才博士にして変態。空中要塞『バビロン』や様々なアーティファクトを生み出した。全属性持ち。機体ナンバー29の身体に脳移植をして、五千年の時を経て甦った。

裏世界において、ゴレム技師として五指に入る実力を持つ人物。好奇心が旺盛で、気が合うのかよくバビロン博士といっしょに様々な実験や開発をしている。

冬夜とユミナの子供にして現在唯一の男子。温厚な性格だが、やるときはやる意志の強さは父親譲りか。戦闘では複数の魔眼を巧みに操る器用さも見せる。趣味はジオラマ製作。

冬夜とエルゼの子供で六女。母であるエルゼよりどちらかというとリンゼに似ておとなしい性格。戦闘は主に魔法で戦う。母親が双子のためかリンネと仲がいい。

冬夜とリンゼの子供で七女。こちらも母であるリンゼよりどちらかというとエルゼに似て強気で活動的。転移直後に武闘大会に出場するなどお転婆な面も。戦闘は主にガントレットで戦う。

冬夜と八重の子供で長女。しっかりもので、よく年少組を監督してくれている。【ゲート】が使えるため、こちらに転移してきた際もいつでもブリュンヒルドに帰れることから武者修行の旅に出ていた。

冬夜とルーシアの子供で五女。料理が得意で冬夜に食べさせるのが好き。お父さん大好きっ子でよく母親のルーシアと張り合っているが仲自体は良好。

冬夜とスゥシィの子供で八女。末っ子で甘え上手。まだ幼いため無鉄砲なところがある。自身に【プリズン】をまとい突撃する『ステフロケット』という得意技で冬夜を悶絶させたことも。

冬夜とヒルダの子供で次女。のんびり屋だが正義感が強く騎士道精神に憧れている。【ストレージ】に入れてある多種多様な武器を使って戦うため、実益を兼ねて武器集めが趣味。

冬夜とリーンの子供で三女。魔工学に強い関心を持ち、過去の超技術が発見されればフィールドワークもいとわない活動的な面も。ポーラに似たゴレム『パーラ』を制作している。

冬夜と桜の子供で四女。自由奔放な性格で芸術、主に音楽関連に才能を見せる。歌うのも好きだが、演奏の方が好きで、あらゆる楽器を使いこなす。

異界を渡り歩く種族でフレイズの王を探していた。ついにフレイズの王・メルと再会し結婚。ブリュンヒルドで幸せに生活しているが、武神に気に入られ、いつの間にか眷属になってしまっていた。

元フレイズの王で、永い時を経て再会したエンデと結婚生活を営んでいる。ブリュンヒルドに来てから美食に目覚め、いろんなものを試しては楽しんでいる。

エンデとメルの娘。お転婆な性格で冬夜の息子である久遠のことが大好き。久遠のお嫁さんになるため、花嫁修行を頑張っている。愛称はアリス。

異世界はスマートフォンとともに。

世界地図

パレリウス王国
都パルス
パルーフ王国
王都ゼノスカル
魔王国ゼノアス
王都スラーニエン
エルフラウ王国
リーニエ王国
王都ニムエ
王都ハノークス
ハノック王国
ノキア王国
ユーロン地方
神国イーシェン
皇都ベルン
リース
国
レグルス帝国
帝都ガラリア
ベルファスト王国
ブリュンヒルド公国
王都アレフィス
ロードメア連邦
王都ファルマ
ホルン王国
リフレットの町
聖都イスラ
首都パネラメア
フェルゼン王国
ラミッシュ教国
ミスミド王国
王都ベルジュ
王都アトライル
ライル王国
王都レスティン
大樹海
騎士王国レスティア
ドラゴネス島
サンドラ王国
レトラバンバ
王都キュレイ
イグレット王国
新世界

前巻までのあらすじ。

神様特製のスマートフォンを持ち、異世界へとやってきた少年・望月冬夜。二つの世界を巻き込み、繰り広げられた邪神との戦いは終りを告げた。彼はその功績を世界神に認められ、一つとなった両世界の管理者として生きることになった。一見平和が訪れた世界。だが、騒動の種は尽きることなく、世界の管理者となった彼をさらに巻き込んでいく……。

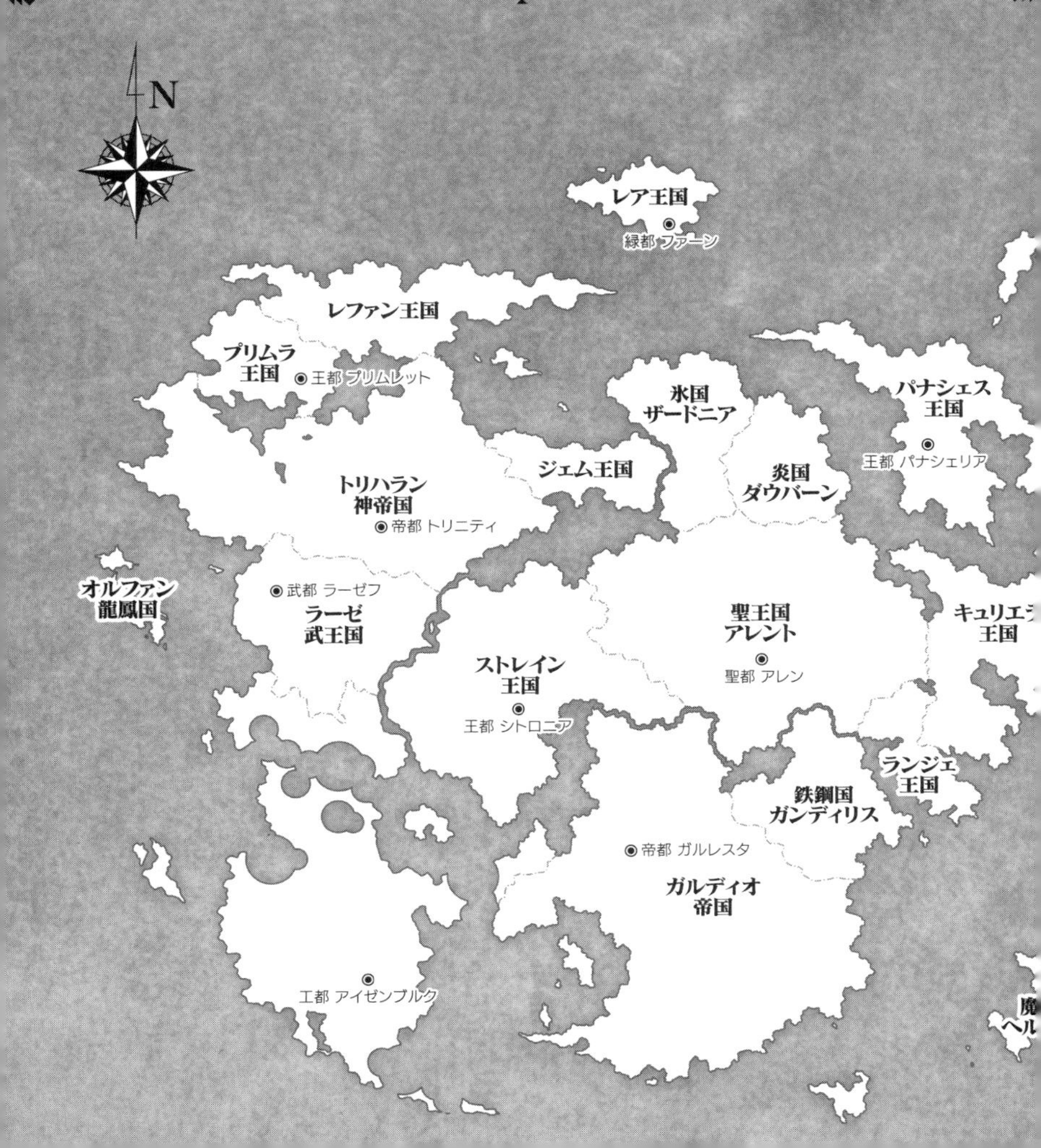

口絵・本文イラスト　兎塚エイジ
メカデザイン・イラスト　小笠原智史

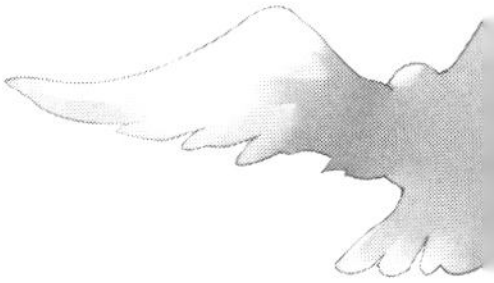

第一章　結晶界からの来訪者

「【トランスレーション】」

このままだと僕《ぼく》らにはなにを言っているのかわからないので、翻訳魔法《ほんやくまほう》をメルの弟だという彼《かれ》にかけた。

僕が手を出すと一瞬《いっしゅん》だけ警戒《けいかい》した目を向けたが、メルが優《やさ》しく言い聞かすとおずおずとだが手を握《にぎ》ってくれた。

「……変な感じだ」

手を伝わり翻訳魔法が効果を表したのだろう。彼の言葉が、はっきりと僕らにもわかった。

「僕らの言葉がわかるかい？」

「う、うむ、わかる。其方《そなた》は誰《だれ》だ？　姉様の従者か？」

突然《とつぜん》話しかけられて、びくっとなった彼にメルがクスリと笑う。

「ハル、この方は望月冬夜《もちづきとうや》さん……この国の『王』であり、私たちの恩人です」

「なんと……！　そ、それは失礼した……」

ペコリと軽く頭を下げて謝《あやま》る少年。……随分《ずいぶん》と素直《すなお》だな。本当にこの子がフレイズの『王』なのか？

「それでハル、いったいこれはどういうことなの？　どうしてそんな姿に？　なぜあなたがこの世界にいるの？」

「それは……」

矢継《やつ》ぎ早《ばや》に疑問を投げかけるメルに答えようとしたハルだったが、そのタイミングで庭の入口からこちらへとやってくる者がいた。

「ただいま～。うわ、なにこの残骸《ざんがい》。なんかあったの？　え？　君は……」

帰ってきたエンデが庭に転がる宝石フレイズの残骸と、メルの手を取るハルを見て目をパチクリさせている。

「………貴様は」

底冷えのする声を放ち、ゆらりとメルから離《はな》れたハルの手がビキビキと結晶武装して赤い大きな刀身へと変わっていく。え、なにこの不穏《ふおん》な空気……！

「エンデミュオン！　貴様、よくも姉様を！」

「ハル！」

「ハル……？　姉様って……まさか、ハルか⁉」

メルの言葉を振《ふ》り切ってハルがエンデに襲《おそ》いかかった。大きな刀身がエンデの頭上に振り下ろされる。

紙一重でそれを躱《かわ》したエンデが、僕が作ってやった晶材《しょうざい》製のガントレットを一瞬で腕《うで》に装着する。

「貴様が！　姉様を！」

「ちょ、ちょっと待った！」

振り下ろす刃《やいば》をエンデがガントレットでうまく弾《はじ》いている。うーん、少年の方は力任せに振り回しているだけだな。腕はさほどでも無い、と見た。今のエンデなら躱すのは容易《たやす》いだろう。

「やめなさい、ハル！　エンデミュオンを傷付けるのは許しません！」

「姉様！　姉様は騙《だま》されているんだよ！　こいつさえいなければ『結晶界《フレイジア》』がメチャクチャになることもなかった！」

メルの制止に従わず、がむしゃらにハルはその刃をエンデに叩《たた》きつける。

『結晶界《フレイジア》』がメチャクチャに？　エンデのやつ、何かしたのか？

攻撃《こうげき》し続けるハルをエンデが躱し続ける。エンデからは攻撃する気はないようだ。ハルの技量ではおそらくエンデを傷つけることはできまい。

かといっていつまでも放置するわけにもいかないか。

僕が二人の仲裁《ちゅうさい》に入ろうとした時、それより速く飛び込《こ》んできた影《かげ》があった。

「こら――――っ！」

ガキンッ！　とハルの刃を受け止めたのは、腕に結晶武装のガントレットを纏《まと》ったアリスであった。

「なんだ、君は……⁉　姉様たち以外の支配種……？　えっ？　この響命音《きょうめいおん》は……⁉」

「お父さんをいじめるヤツはボクが許さないぞ！」

「いや、あの、アリス？　僕は別にいじめられていたわけじゃ……」

なんともいえない声を出すエンデをよそに、アリスがハルへと向け突進《とっしん》する。

「【薔薇晶棘《プリズマローズ》】！」

「なっ⁉　【薔薇晶棘《プリズマローズ》】⁉　それは姉様の……！」

突《つ》き出したアリスの手から水晶《すいしょう》の薔薇《ばら》の蔓《つる》が飛び出し、あっという間にハルを束縛《そくばく》する。

「あっ、アリス！　待ちなさ……！」

「【振晶電棘《レゾナンスプラズマ》】――！」

「っ⁉」

アリスを止めに入ったメルだったが一瞬遅《いっしゅんおそ》く、バチィッ！　と、稲妻《いなずま》のような雷撃《らいげき》が水晶の蔓を通してハルの全身に流れていく。

あれって確かアリスが使う捕縛《ほばく》用の技だっけか？　僕と久遠《くおん》の【パラライズ】と似たようなやつだったと思う。

電撃《でんげき》を受けて、ハルが水晶の蔓に絡《から》まれたまま、くたっ、と意識を失った。

大丈夫《だいじょうぶ》だよな？　アリスのことだから手加減を間違《まちが》えて……なんてことはないと思いたい。

慌《あわ》てたネイがハルへと駆《か》け寄り、その胸に手を翳《かざ》す。

「……大丈夫だ。一時的に休眠《きゅうみん》状態になってるだけだと思う。この身体がフレイズと似たようなものならば、だが……」

ネイの言葉に、ホッ、と胸を撫《な》で下ろす一同。

「……あれ？　その子、倒《たお》しちゃダメな子？」

「倒しちゃダメというか……」

周りの雰囲気《ふんいき》から、自分がなにか失敗をしたと悟《さと》ったアリスの言葉に、久遠が苦笑《くしょう》しながら答える。

「びっくりした……。この子……本当にハルなのか？　姿が全く違《ちが》うけど……」

「ええ。でも響命音が同じなの。少なくともハルとなんらかの関係があるのは間違いないと思うんだけど……」

倒れたハルを覗《のぞ》き込みながらメルがエンデの疑問に答えた。

姿が違う、か。エンデたちのいうハルってのがフレイズの支配種なら、大人の姿で生まれてきているはずだからな。この場合の『大人』ってのは『成人』って意味だから、若い姿なら十五歳《さい》くらいの姿ってこともあるらしいけど。

ネイが小さくため息をつきながらハルを抱《だ》き上げる。

「この子がハル様かどうかはわからんが……とにかく詳《くわ》しい話を聞かねばなるまい。エンデミュオン、お前は連絡《れんらく》するまで家に帰ってくるな」

「え⁉　なんで⁉」

「お前がいてはこの子もまともに話せまい。またさっきのようなことになるぞ。この子が本当にハル様なら、お前はメル様を誑《たぶら》かした憎っくき悪党なのだから」

ネイの言葉にショックを受けたようなエンデだったが、僕はハルがなんであれほど怒《おこ》っていたのか、理由がわかって納得《なっとく》していた。

そっか、エンデは大切な姉を連れ去った（？）悪い男になるわけか。

「ネイが言うと真実味《しんじつみ》がある」

「だなあ。ネイもエンデを見たら突っかかっていたし」

「くっ、古い話を持ち出すな！」

リセと僕が頷《うなず》き合っていたら、ネイに顔を真っ赤にして怒鳴《どな》られた。

あん時みたいにエンデを一発殴《なぐ》らせてやったらこの子も落ち着かないかね？

◇　◇　◇

「宝石のようなフレイズねえ……。悪いけど僕には心当たりはないな」

コロン、と宝石フレイズの欠片《かけら》をテーブルに放り投げ、エンデはカップに入ったアイスティーを一口飲んだ。

家を追い出された（？）エンデを連れて、僕は酒場へとやってきた。もちろん久遠は城へ帰したぞ。もうすでに日も暮れかけていて、教育に悪い奴《やつ》らが酒場《ここ》に集まり始めているからな。

「そいつらに守られるように、あの子……ハルの核《かく》があったんだ。本当に心当たりはないか？」

「ないってば。そもそもあの子がハルかどうかも怪《あや》しい。僕が知っているハルは僕より少し下くらいの少年だった」

フレイズの支配種に子供時代はないといっても、生まれてくる成人の姿はそれぞれ違うらしい。

だいたい十五～四十ほどの外見年齢《ねんれい》で生まれるらしいが。見た目で十代のやつより四十代の方が若いこともありうるのか……？　いや、こっちの長命種も同じようなものだし、そんな変なことでもないのか。

ハル……『結晶界《フレイジア》』の『王』であったメルの弟は、エンデより少し下くらいの年齢外見だったという。

っていうと、十五、六歳くらいか？　いや、そもそもエンデ、いくつなんだ……？　見た目は十七、八に見えるけど、絶対に僕より年上だろ。異世界の住人は年齢が不詳《ふしょう》すぎる。

「支配種は子供を作る時、相手の核の複製をもらって自分の核と融合《ゆうごう》させる。彼らに結婚《けっこん》とかそういう概念《がいねん》はないから、支配種の兄弟姉妹《しまい》ってのはほとんど異父異母の兄弟なんだ。だけどメルとハルの場合は少し違っててね」

フレイズの『王』は強き次代を生み出すため、他の強者の『核』を取り込む。そうして相手の強さを取り込み、さらに強い『王』を生み出すのだ。

　メルの場合もそうであり、先代の『王』と選ばれた強者の間に生まれたという。

「だけどハルは『王』から単体分離《ぶんり》して生まれた支配種だったんだよ」

「あれ？　確か支配種は個人で次代の核を生み出すことができるけど、親の劣化《れっか》した複製のようなものになるとか言ってなかったか？」

「次の『王』はメルが継《つ》ぐことが決まっていたからね。ハルはこう言ったら悪いけど、先代の『王』が戯《たわむ》れに作った子だった。絶対に裏切らないメルの従者として作られたと言ってもいい」

　子供を物のように扱《あつか》う支配種の概念に少しばかり不快さを覚えたが、向こうじゃそれが普通《ふつう》だったのだろう。

「メルとハルは仲が良かった。弟であるハルはメルを尊敬していたし、メルもハルのことを可愛《かわい》がっていたと思う。先代も身罷《みまか》り、メルが『王』になってしばらくしたころに、僕は『結晶界《フレイジア》』を訪《おとず》れ、そこでメルと出会った。初めて彼女《かのじょ》と出会った時——っと、それは今関係ないか」

「なんだよー、言えよー。お前たちの馴《な》れ初《そ》めってやつだろうに」

　ニマニマして続きを促《うなが》す僕に、エンデが嫌《いや》そうに顔を歪《ゆが》める。

「冬夜に話すとアリスにまで伝わりそうだから絶対に話さない」

「ちっ」

面白《おもしろ》そうな話だったのにな。まあ、子供に自分たちの馴れ初めなんか知られるのは正直恥《は》ずい。

僕の場合は舞台《ぶたい》にまでなってしまってるしな……。あれ公演終了《しゅうりょう》しないかなあ……。

「まあ、いろいろとあって、ハルは僕のことを毛嫌《けぎら》いしているってわけさ。ネイの時と同じだよ」

「まあなあ。大切な姉さんを攫《さら》っていった誘拐犯《ゆうかいはん》だ。そりゃあ恨《うら》みもするわな」

「誘拐犯って……せめて駆け落ちと言ってよ。それに『結晶界《フレイジア》』を出て行く前に、僕らは何度も何度も説得をしたんだ。だけどもハルもネイも聞いてもくれなくてさ」

だろうな。完全に平行線だもの。『王』を失いたくない『結晶界《フレイジア》』の人たちと、愛する者と共に生きていきたいと願う『王』。誰が悪いというわけじゃないんだろうけど……。

「『王』の責務を放り出すなんて無責任だなんて言う奴らもいたけどね、メルは望んで『王』になったわけじゃない。自分勝手な奴らのために、メルは自分の幸せを捨てなければならないのか？　メルは『王』の座を捨てたがっていたし、自分だけに依存《いそん》する『結晶界《フレイジア》』の未来にも悲観していた。だから彼女が一番信頼《しんらい》していたハルを『王』にして、僕らはあの世界を後にしたんだ」

エンデの方にも言い分はあるだろうが、残された方はたまったもんじゃなかったろうな。

こう言うのを聞くと、高坂さんによく言われる、『なんでもかんでも陛下がやってしまうのは国のためによろしくない』ってのが実感できるなあ。

個人だけに頼《たよ》り切りになってしまうと、いざその存在がいなくなってしまった場合、あっという間にその国は瓦解《がかい》する。

戦国時代なんかでも武田信玄《しんげん》、織田信長、豊臣秀吉《ひでよし》など、カリスマなトップが死んで瓦解した例は多い。

次代の後継者《こうけいしゃ》が盤石《ばんじゃく》になっていれば問題なかったのかもしれないが。

メルは今ならまだ間に合うとハルに任せたんだろうが……。

「さっき話した通りハルは『王』が単体で生み出した支配種だ。強者と融合されて生み出されたメルより、戦闘力《せんとうりょく》ではかなり劣《おと》る。だからギラやその兄であるゼノ将軍など、一部の支配種はハルを認めていなかったな。力が全てって奴らだからね。それでもハルは『王』の子だ。いくらかの支配種はハルが『王』だと認め、支えてくれると言ってくれたんだけど……」

最後まで反対していたのはハル本人やネイを含《ふく》めた一部の者たちで、さらに言うなら、いっそ『王』であるメルを討《う》ち果たし、その力を奪《うば》おうとする過激派まで出てきたという。その筆頭がギラやゼノ将軍なんだろう。

身の危険もあり、メルとエンデはついに『結晶界《フレイジア》』を飛び出したという。

「その後『結晶界《フレイジア》』がどうなったかは僕らにはわからない。あの子は本当にハルなのか？『結晶界《フレイジア》』でいったい何があったのか……」

エンデがテーブルに転がる宝石フレイズのかけらをトントンと指で叩きながら、考《かんが》え込むようにそんなことをつぶやいた。

なんともしんみりとした雰囲気のエンデに、僕は少し驚《おどろ》いてしまう。

「……ひょっとしてお前のせいで『結晶界《フレイジア》』がメチャクチャになった、ってハルの言葉を気にしてるのか？　お前にそんな繊細《せんさい》な心があったなんてちょっと意外だな……」

「……っ！　誰かさんと違って僕は感受性が豊かなんだよ……！　嫁《よめ》さん全員に『鈍《にぶ》い』って言われている冬夜にだけは言われたくないね！」

「ああ!?　言っちゃならんことを言ったね、エンデ君！　それを言っちゃあ、おしまいだよ！」

「ああ、おしまいさ！」

「そこまで」

ガルルル……！　と睨《にら》み合う僕らの間に、すっと手が翳される。いつの間に来たのか、リセが呆《あき》れたような顔をして立っていた。

あからさまに大きなため息をつくな。

「リセ……ハルは？」

「寝《ね》てる。たぶん問題ない。けどエンデミュオンがいると面倒《めんどう》なことになるから今日はどっかに泊《と》まってってメル様が」

「やーい、追い出されたー」

「ぐぬぬ……！」

僕がふざけて挑発《ちょうはつ》するとエンデが苦虫を噛《か》み潰《つぶ》したような顔になった。

結局ハルが起きてからじゃないと何もわからないな。とりあえず僕も帰るとするか。

リセはついでにエンデと夕食を酒場《ここ》で取っていくらしい。ううむ、リセがエンデのところに来たのって、それが目的だったんじゃ……まあ、いいけど。

今日はいろいろとあって疲《つか》れたな……。

それにしてもあの宝石フレイズのかけら……どうしようかね……。とりあえず奥《おく》さんたちに相談してみるか。

僕はそんなことを考えながら酒場を出て【ゲート】を開いた。

◇　◇　◇

次の日、城の方へメルたちがハルを連れてやってきた。ハルは昨日と違って大人しい。

エンデがいなければ本来は穏《おだ》やかな性格なのかな？

そのエンデは当然ながら、ここにはいない。やっぱり面倒なことになるからとハルとは離しているらしい。

メルたちと一緒《いっしょ》に来たアリスは早々にユミナたちのところへ淑女《しゅくじょ》教育を受けに行った。今日は食事のマナーを学ぶらしい。

応接室でハルを連れたメル、ネイ、リセと対面した。一応久遠も同席している。

「その、わかりやすく言うと、この子はハルであってハルではない……という存在らしいのです」

「ごめん、全然わかりやすくない……」

話し出したメルに、僕は眉根《まゆね》を寄せてそう言葉を返す。さっぱりわからんから。一から話してくれ……。

「初めから話すと……」

メルがハルから聞いた『結晶界《フレイジア》』のその後。

『王』となったハルはメルの抜《ぬ》けた穴を埋《う》めるべく必死に国を支えようとした。

しかし、やはり不満を漏《も》らす者や、生まれが単体分離の支配種であるハルを『王』と認めない者たちにより、『結晶界《フレイジア》』は荒《あ》れに荒れたという。まとまっていたフレイズたちが好き勝手をし始めたのだ。

反抗《はんこう》勢力をなんとか抑《おさ》えようとハルが頑張《がんば》っていたとき、一つの事件が起こる。

世界を渡《わた》る技術を得た、ユラたちの出奔《しゅっぽん》である。

ハルを認めない者、メルを、あるいはメルの力を求める者がこぞって『結晶界《フレイジア》』から姿を消した。

同行したネイやリセの話だと、『結晶界《フレイジア》』を出発した時点ではかなりの数の支配種がいたそうだ。

しかし数多《あまた》の世界を渡るたびに、その世界の住人たちと戦いとなり、次第《しだい》に仲間は減っていったという。

「まあ、そもそも我らは互《たが》いに仲間などと思っていなかったがな。利用し、利用される間《あいだ》柄《がら》で、それぞれの目的が同じだっただけだ」

ネイの言葉に僕はかつて出会った支配種たちを思い出す。戦闘狂《せんとうきょう》のギラ、快楽主義の双《ふた》子《ご》レトとルト、そして『王』を超《こ》える力を求めていたユラ。

ネイもリセも仲間意識なんてものはまったくなかったのだろう。僕だってあいつらとは仲良くなれる気がしない。

話が逸《そ》れたが、反抗勢力だったユラたちがいなくなり『結晶界《フレイジア》』は落ち着きを取り戻《もど》すかに思えた。

だが、ユラたちが出奔したことで、『王』に対する反抗勢力はいなくなったが、『結晶界《フレイジア》』での『王』の権威《けんい》は地に落ちてしまった。

臣下をまとめられない無能な『王』と見られてしまったのだ。

周囲の非難に苛《さいな》まれるハルが縋《すが》りついたのは、かつての『王』、姉であるメルの存在。

メルのような力を得れば、『結晶界《フレイジア》』はまた『王』の下に纏まることができる。そう考えたハルはユラの残した研究に目をつけた。

「それが『クォース』と呼ばれる人工フレイズの量産計画。フレイズとはまったく違う結晶進化をした、新たなフレイズ兵を作る研究です」

メルの言葉を地球的な言葉で言い直せば『アンドロイド兵士量産計画』とでも言うのだ

ろうか。

ハルはその研究を個人的に進め、かつての『王』と同じような『力』を得ようとした。

単体分離して生まれたとはいえ、ハルも『王』の一族である。彼はユラほどではないにしろ、優秀《ゆうしゅう》な研究者の一人であった。

基本的なベースはすでにユラが作り上げていたので、ハルはそれを改良するだけでよかったという。しかしこの『クォース』には重大な問題があった。

『クォース』がアンドロイドのようなものなら、当然ながらそれを使役《しえき》する者が必要となる。ゴレムの契約者《マスター》と同じような者だ。

『クォース』を従わせるにはそれらを統率《とうそつ》する新たな支配種を生み出す必要があったのだ。

支配種の『核』と『クォース』の『核』を融合した新たな『核』を持つ種が。

「ちょっと待ってくれ。まさかそこにいる『ハル』は……」

「ええ。この子はハルの複製した『核』と『クォース』の『核』を融合させて生み出された、混合種なのです」

◇　◇　◇

「ハルの複製した『核』と『クォース』の『核』を融合させて生み出された……？　えーっとその子は『ハル』本人じゃないってこと？」

「そうです。ハルの分体……子供と言ってもいいですね」

子供……まあ、そういうことになる、のか？　僕の感覚だと、なんとなくクローン人間のように感じるんだが。

もしも僕のクローンが作られたとして、それを息子《むすこ》と呼ぶかというと疑問がある。どっちかというと兄弟に近い気がするんだけども。

「だけどその子はハルの記憶《きおく》を持っているんだろう？」

「ええ。向こうのハルが自分の記憶をこの子に植え付けたようですね。昨日は目覚めたばかりで、そちらの記憶と感情が前に出てしまったみたいです。昨日のあの子は、この子本来の人格ではないのですよ」

「ちょっと待った。またわからなくなってきた……」

ハルが記憶を植え付けた？　本来の人格？　ややこしいな。

「つまりは二重人格のようなものであると？」

「二重人格……そうですね、それに近いかもしれません」

こんがらがってきた僕に久遠がわかりやすいたとえを出してくれた。二重人格か。それならいくらかわかるな。

「この子も自分が何者なのかよくわかっていないようなんです。ハルの記憶とごっちゃになって、不安定になっているというか」

メルの説明にちらりとその横に座《すわ》るハルを見る。確かに昨日の落ち着いた（エンデと邂《かい》逅《こう》する前の）彼とは違い、どこか落ち着きがなく、不安そうな顔色が見て取れる。こちらが本来の彼の人格なのだろうか。

「言い方は悪いけど、ハルはこの子を使って『結晶界《フレイジア》』をまとめ上げようとしていたのか？」

「ええ。だけどそれは叶《かな》わなかった。この子が完全に目覚める前にクーデターが起こったからです。わずかに残っていたギラのような武闘派《ぶとうは》が突如《とつじょ》ハルの陣営《じんえい》を襲ってきたらしいんです。ハルはこの子の力が向こうに渡るのを怖《おそ》れ、自分の記憶を移し、水晶獣《すいしょうじゅう》を護衛として私の響命音を追わせた……」

それがなんで未来の世界に現れたんだろうな……。未来で僕がメルたちの響命音を封《ふう》じている【プリズン】を解除した？

だけどなんでそんなことを……って、まさか、『こうなるのを知っていたから』か？

それなら辻褄《つじつま》が合うが……。

「ハルはその後どうなったんだ?」

「わかりません。この子にはそこまでの記憶しか無かったので……」

メルが沈痛《ちんつう》な表情を見せる。弟が死んだかもしれないんだ。そりゃ落ち込むか。

「ですが、いかなることが起きようと、私は『結晶界《フレイジア》』を捨てた身。今さらあの世界に関わる資格はありません」

メルがキッパリとそう口にする。仮にも故郷だ。もう少し心配してもいいのでは? と思ったが、メルはそれだけの決意を持って『結晶界《フレイジア》』を出たのだ。確かに今さらだな。

「それで……その子をどうする?」

「できればうちで引き取ろうかと思うのですけど……」

「エンデミュオンが問題」

「あー……」

リセに言われて僕は思わず天を仰《あお》いだ。

この子とエンデを会わせたら、また昨日のようになるのは火を見るより明らかだ。

かといって、エンデだけ別居というのもあまりに哀《あわ》れだ。

「ネイの時みたいに一発殴って手打ちってわけにはいかないかな?」

「私だってあの時はメル様のことがあったから我慢《がまん》したが、本来ならばもっと殴りたかったぞ？　それこそ二度と立ち上がれなくなるくらいに」

ネイが当時の心境をそんな風に語る。いや、どんだけ恨んでたんだよ……。

「でも今はそうでもないんでしょう？」

「ま、まあ……。あいつの作る料理は美味《うま》いし、細かいところに気がつく、気配りのできる男とは思っていますが……」

メルの言葉にネイがいささか歯切れ悪く答える。こいつもだいぶ軟化《なんか》したな……。ハルもそうなればいいのだけれど……。

「少しずつ慣れていってもらうしかないかしら……」

「まずは襲い掛《か》からないように言い聞かせないとな……」

家でも気が抜けないのではさすがにエンデが気の毒だ。嫌《きら》っていてもいいから、殺意を持つのだけはやめさせた方がいいと思う。

「まあ、その子のことはそっちに任せるよ。ところでその子の名前は『ハル』のままでいいのか？」

メルの弟であるハルの記憶を持つと言っても別人なのだ。きちんと別の名で呼んだ方がいいと思うんだが。

「そうですね。『ハル』の人格が出てきている時はそれでいいと思うんですけど、この子本来の名は必要かと」

「……私は『ハル』ではないのですか？」

不安そうな目をして『ハル』がメルを見上げる。

「大丈夫よ。あなたが『ハル』じゃなくても私の姪《めい》のようなものなのだから、追い出したりはしないわ。ずっとここにいていいのよ？」

「………ちょっと待って。姪のようなもの？　え？」

メルの言葉に引っかかるものを感じて思わず口を挟《はさ》む。いや、弟の子供のようなものなんだから『姪のようなもの』で合ってるんだろうさ、言葉的には。

僕が引っかかっているのは『姪』ってとこで。

僕の疑問に気がついたのか、メルが苦笑気味に笑う。

「昨日、気がついたこの子をお風呂《ふろ》に入れてわかったんですけど……」

「女の子だった」

メルの言葉をリセが続ける。マジで？

いや、確かに女の子っぽいなあとは思っていたけどさ。『ハル』の人格が出ていたから、完全に男の子だとばかり……。

すると立場的には『ハル』の娘《むすめ》、メルの姪、となるのか。

というか、支配種もお風呂に入るんだな……。支配種に男女の違いってのはちゃんとあるらしいけど、あまり戦闘《せんとう》能力とかには関係ないってエンデが言ってたな……。

だけど単体で次代の支配種を作ると、親と同性になるんじゃなかったのか？

「『クォース』の核を融合させたからですかね……。そこらへんはわかりません」

そうか、『クォース』の核が融合しているのなら単体ではないのか？

しかし、女の子の身体に男性の性格《ハル》が入っているってなにげにキツくないかね？

「フレイズにはもともと性別での格差はないので特には……」

そうだった。この種族、あんまり男とか女とか関係ないんだよな……。子供を作る時の核融合《かくゆうごう》に同性が不利ってだけで。エンデにこっそりと聞いた話じゃ性欲的なものもほとんどないらしいし……。

「ともかく、『ハル』とは別人格のこの子にも名前は必要ですね」

「それなら『リセ』と『メル』で『リル』がいい」

「待て！　それなら『メル』と『ネイ』で『メイ』の方がいいぞ！」

メルの提案にリセとネイが言い争いを始めた。いや、お前たちの子供じゃないだろ……。

「リイル……？」

『リル』だの『メイ』だの言っていたら、二つが合体したような名前が名前を付けようとしている本人の口から漏れた。

「リイル……。悪くないですね。あなたさえ良ければリイルにしますか？」

メルにそう問いかけられると、彼女は小さく頷いた。リイルか。ま、呼びやすいし、いいんじゃないかな。

「よろしく、リイル。昨日『ハル』の方に挨拶《あいさつ》をしたけど、僕がこの国の国王、望月冬夜だ。なにか困ったことがあったら相談に乗るよ」

僕の言葉にリイルはこくんと頷く。無口な子だな。うちの子たちの中だとエルナに近い性格な気がする。いや、『ハル』の性格が出るとまた違う感じになるけども。

「僕は望月久遠と申します。あー……公王陛下の親戚《しんせき》のような者です」

リイルを除いてここにいるみんなは久遠が未来から来たことを知っているのだが、説明が面倒なので親戚で通すことにしたようだ。

というか、厳密に言えばリイルも未来から来ているんだけれども。

「あとはリイルの『クォース』としての力についてなんだけど……」

リイルが生み出したと思われるあの宝石フレイズ……『クォース』。あれをきちんと制《せい》御《ぎょ》できるのかどうか。それが問題だ。

あんなのを町中で出現させたらとんでもないことになる。国民に危険が及《およ》ぶとなれば、それはこの国を治める者として看過できない。

「『ハル』によれば、今のところあの力は命の危険を感じなければ発動しないらしいわ。どうしても不安だというなら、私たちと同じようにこの子の響命音を封じてくれればいいと思います。地中にその命令が届かなければクォースは生まれないらしいから」

命の危険？　あれは自己防衛行動だったっていうのか？

ううむ、確かに護衛の水晶獣が死んで核の状態のまま魔獣《まじゅう》がうろついている森に放置されたら身の危険を感じるか。

あのクォースたちは周辺にいる魔獣だけを狩《か》っていた。リイルを守ることだけに専念していたのだ。勝手気ままに暴走することはない……と思う。

とはいえ可能性がある以上、メルの言う通り【プリズン】で響命音を封じさせてもらおう。

リイルに断りを入れ、彼女の体内の核の周囲に響命音だけを阻《はば》む結界を施《ほどこ》す。これでクォースは生まれないはずだ。

「しかしこうなるとクォースではない身を守る術が必要だな」

ネイが考え込むようにそんなことを口にする。

昨日、エンデと戦っていたあの戦闘技量は『ハル』のものであったらしい。もともと彼《かれ》は戦闘には不向きであったようだが、それに輪をかけてリイルには戦闘力がないという。

「そもそもリイルは『クォース』という戦闘力を統率するために生まれたわけだからな。それを封じられては手足をもがれた状態に等しい」

「フレイズとしての能力は一応あるんだろう？　手を剣《けん》にしたりとか」

「まあそれはできるらしいが……いささか心許《こころもと》ないな」

特に町から出なければそこまで危険なことなんてないと思うんだがな。なんとも過保護だなあ、と思ったが、口には出さないでおく。

リイルは言わば自分たちが見捨てた世界からの亡命者だ。彼女たちにとっては罪悪感のようなものを抱いているのかもしれない。

「とりあえずリイルのことはそっちに任せる。くれぐれも危険なことはさせないでくれ」

「わかったわ。ありがとう、冬夜さん」

この場合、リイルにとっての『危険』ではなくて、ブリュンヒルドにとっての『危険』、という意味だが。

なにはともあれ一件落着……か？　いや、リイルとエンデのことがあるけど、それは家庭の事情ということでそちらで処理していただきたい。

やがて淑女教育から戻ってきたアリスとともにフレイズ家の皆《みな》さんは帰っていった。

「ふう……。まあ、大事《おおごと》にならないでよかったよ」

どっと疲れが出て、僕《ぼく》がソファーにもたれこむと、久遠が考え込むように顎《あご》に手を当てていた。

「……アリスの様子が少しおかしかった気がしますね。今日の淑女教育が厳しかったのでしょうか？」

「そうかな？　普通に見えたけど……」

僕が見る限りいつものアリスのように思えたが。少し元気がないようにも感じたけど、アリスだって年がら年中ハイテンションなわけではあるまい。

お腹《なか》でも壊《こわ》したのかね？

◇　◇　◇

なんてことを思っていたらその夜、城の方にアリスがやってきた。こんな夜中にどうしたんだ、いったい？

「家出してきた……」

「えっ!?」

アリスがそう呟《つぶや》いたと同時に懐《ふところ》の僕のスマホが着信を告げる。おっとちょうどメルからだわ。タイミングいいな。

「はい、もしもし」

『冬夜さん？　ひょっとしてアリスがそちらに行ってないでしょうか？』

「ああ、来ているよ。どうしたんだ、いったい？」

『それが……』

メルの語るところによると、メルたちがあまりにもリイルのことをかまうものだから、アリスが癇癪《かんしゃく》を起こして家を飛び出してしまったのだそうだ。

え？　そんな理由で家出って……。

『すみませんが、今日はそちらに泊めてもらえますか？　今はアリスも意固地になっていると思うので……』

まあそれは別に構わないのだけれども。いつも元気なアリスが眉間《みけん》に皺《しわ》を寄せて、への字口になってるのを見ると、ちょいと心配になってしまう。

ソファーに座り、かなり機嫌《きげん》の悪そうなアリスだが、それでも久遠《くおん》の腕《うで》を抱き枕《まくら》のように掴《つか》んで離《はな》さない。

とりあえずメルから聞いた話をユミナたちにも伝えておく。

「ははあ……。あんまりメルさんたちがリイルのことをかまうから拗《す》ねちゃったんですね」

「うーん……でもリイルは誰《だれ》も頼る者がいないわけだし、そこは仕方ないと思うんだけどなあ……」

メルたちだって別にアリスを爪弾《つまはじ》きにするつもりなんてなかっただろうし。たった一人でこの世界に放り出された子供をなんとか手助けしてやろうと思っただけでさ。

「ダーリン、子供にそこまで理解しろってのは普通無理よ」

「そうなのか……」

久遠ならわかってくれるような気もするけど、それは親の怠慢《たいまん》かな……。

「兄弟がいるとけっこうあるあるなんだけどね。冬夜にはわかんないか」

「わかります。私も兄上ばかり褒《ほ》められて、悔《くや》しくて泣いたことがありますから」

エルゼの言葉にヒルダがうんうんと頷く。え？　そんなにあるあるなの？　確かに僕には兄弟はいなかったけど……。

今は妹がいるけど、一緒に生活してはいないから、その気持ちはよくわからない。

「私《わたくし》もわかります。お姉様と比べられたりして……」

「あー……拙者《せっしゃ》も兄上と……」

おっと、ルーと八重《やえ》もわかる派か。

「わらわも弟がいるが、そんな気持ちになったことはないぞ？」

「うーん……年がいくらか離れているとそこまで感じないのかもしれないね」

スゥの疑問にリンゼが苦笑いしながらそう答える。

僕とユミナ、スゥ、桜、リーンは歳《とし》の近い兄弟姉妹がいないのでいまいちわからない。いや、アリスとリイルだって姉妹ではないんだが。従姉妹《いとこ》みたいなものらしいけどさ。

「ああ、でもユミナ姉様と比べられて、ムッとしたことはあるのう。そうか、あんな気持ちか」

「え？　私と？」

スゥが言うには貴族同士のパーティーで他の貴族にユミナと比べられたことがあるらしく、その時に面白くない気持ちになったとか。

スゥとユミナも従姉妹《いとこ》同士だ。比べられることもあったろう。スゥもわかる派に行ってしまったか。

「別にアリスとリイルを比べているわけじゃないと思うから、それらとはちょっと違《ちが》うと

思うけど……」

「要は嫉妬《しっと》よね。親の愛情を取られてしまったようなそんな気持ちになっている……のかしら？」

リーンがそんな分析《ぶんせき》を口にする。なるほど、嫉妬か。

さっきの話も他の兄弟に親の愛情が向いていて、自分には向いていないのではないかという不安、それに対する兄弟への嫉妬、そういったものなのか。

ちょっと僕も不安になってくるな。僕は子供たちに分け隔《へだ》てなく愛情を注げているのだろうか……？

ま、まあ、とにかく今はアリスのことだ。根は素直《すなお》な子だから話せばわかってくれると思うんだけど……。

僕がアリスと話そうと久遠たちの方へ向かおうとすると、ユミナに袖《そで》を引かれ、引き戻された。え？　なんですのん……？

「アリスはリイルが嫌いですか？」

「……別に嫌いじゃないよ」

「ではなにに対して怒《おこ》っているのです？」

「……わかんない」

ソファーでは久遠とアリスが話をしている。ユミナが僕に『察しろ！』と言わんばかりの視線を送ってきた。久遠に任せろってこと？　大丈夫《だいじょうぶ》か？

「リイルはたった一人で誰も知っている者がいないこの世界に来てしまった。時江《ときえ》お祖母《ばあ》様《さま》がいなければ僕たちもそうなっていた可能性もあります。彼女は今も不安を抱《かか》えているんじゃないでしょうか」

「…………」

「今のアリスは自分に怒っているのでしょう？　そんなリイルに優《やさ》しくできなかった。苛《いら》立《だ》ちをメルさんたちにぶつけてしまった。そんな自分が許せなくて、でもどうしたらいいかわからない……そんなところですか？」

「……たぶん当たり……。なんで久遠にはわかっちゃうの？」

「これでも婚約者《こんやくしゃ》ですから。アリスの気持ちくらいわかります」

そう言って微笑《ほほえ》む久遠にアリスの顔が真っ赤になる。なんというスマートな言葉選び……。いや、ホントに僕の息子か……？

「父親とは雲泥《うんでい》の差ね……」

「そりゃあ私の息子ですから！」

「あの気遣《きづか》いは見習って欲《ほ》しいものでござるなぁ……」

僕の後ろでエルゼ、ユミナ、八重が勝手なことをボソボソと口にする。いやいや、アレを普通基準にしてほしくはないんですが。世の男たちの大半は僕と同じレベルだと思うよ？　……だよね？

「私、お母さんたちに酷《ひど》いこと言っちゃった……」

「心にもないことを思わず言ってしまうことは誰にでもあることです。僕だってシルヴァーにたまに酷い言葉を投げてしまうこともありますし」

『え？　心にもない……？　たまに……？』

腰《こし》にあるシルヴァーから疑問の声が聞こえたが、久遠が笑顔《えがお》でそっと柄《つか》に手を伸《の》ばすとすぐに白銀の魔剣《まけん》は沈黙《ちんもく》した。

「悪いことをしたら謝《あやま》ればいいのです。メルさんたちも許してくれます」

「リイルも……？」

「リイルもきっと許してくれますよ。君たちは従姉妹《いとこ》のようなものじゃないですか。しかも向こうはまだ生まれたばかりの子です。アリスがお姉ちゃんとして、いろいろと教えてあげないと」

「お姉ちゃん？　ボクがお姉ちゃん……？」

花が咲《さ》くように、ぱぁっとアリスの顔が紅潮していく。それは気が付かなかったと言わんばかりに。

アリスは未来から来てるから、どっちかというと年下になるんでは？　と思ったが、口には出さない。いや、リイルも未来から来ているから間違《まちが》いではないのか。

「アリス！」

そんな益体《やくたい》もないことを考えていると、バン！　とバルコニーの窓を開けてエンデが飛び込《こ》んできた。

おま……！　窓から入ってくんなよ!?　玄関《げんかん》から来い！　城《うち》の警備はまだまだ隙《すき》があるな……！

「おい、今日はアリスをこっちに泊めるはずじゃなかったのか？」

「心配で僕だけこっちに来た！　どうせ今は家に入れないし！　僕も泊めて！」

親父《おやじ》が付いてきたかー……。いや、部屋は余っているから別にいいんだけどさ……。

「アリス、今日はお父さんがずっと一緒にいてあげるから」

「ボク帰るよ。ごめんね、お父さん」

「え？」

間の抜けた声を出したエンデを放置して、アリスがこちらへ向かってペコリと一礼した。

「皆さん、お騒《さわ》がせしました！　ボク帰ります！　またね、久遠！」

いつものように元気よく挨拶をすると、アリスはそのままバルコニーから飛び降りて出て行ってしまった。

うん、君ら父娘《おやこ》はドアを使うことを覚えたまえ。

「ちょ、アリス⁉」

エンデもアリスを追いかけるようにバルコニーから出て行く。だからドアを……！

「……まあなんとか丸く収まったのか？」

「たぶん。あとはアリスの中で解決する問題かと」

久遠がやれやれといった感じで大きく伸びをする。

「なんというか、手慣れているね……」

「それはまあ。姉妹《しまい》がこんなにいると、仲裁役《ちゅうさいやく》をやることも多いので」

あ、そういう慣れですか……。息子がこんな風に女性に手慣れてしまったのは、僕にも責任の一端《いったん》がある、と？

女性ばかりの家族の中で、波風なく過ごすには必要なスキルだったんだろうな……。

ちょっとだけ息子を不憫《ふびん》に思った僕は久遠の頭を撫《な》でてあげた。

すぐにドン！　とユミナに押《お》され、その役を奪われてしまったが。うぬう。

第二章　砂漠のスタンピード

「今日はリイルも連れて来たよ！　ほらリイル、ご挨拶！」

「こ、こんにちは」

翌朝、アリスがリイルを連れていつものように淑女教育を受けにやってきた。

わだかまりが解けたのか、アリスはリイルの手を引いて、にこにこと笑っている。

対するリイルの方は真逆で、そわそわと落ち着かない感じの視線をキョロキョロと彷徨《さまよ》わせていた。

アリスが無言の先輩風《せんぱいかぜ》ならぬ、お姉ちゃん風を吹《ふ》かせているのを感じる。

「仲直りできたんですね」

「うん！　あ、リイル、久遠《くおん》はね、ボクの未来の旦那《だんな》さんなんだよ！　だからリイルのお兄ちゃんだね！」

「お兄ちゃん……？」

「それはちょっと違うような……」

アリスの説明に久遠が微妙《びみょう》な顔をしている。従姉妹《いとこ》の旦那は義理のお兄さんではない、とか考えているんだろうな。気持ちはわかるけども、そこは深く考えんでもよろしい。

「あの、お邪魔《じゃま》なら帰りますけど……」

「いえ、構いませんよ。今日は歴史の勉強ですので、貴女《あなた》も聞いて無駄《むだ》ということはないと思います」

おずおずとリイルが口を開くと、にっこりとユミナが答える。うん、この世界のことを知っておくことは無駄ではないはずだ。

「あ！ それと陛下！ リイルの分の【ミラージュ】が付与《ふよ》されたペンダントが欲しいんだけど……」

「ん？ ああ、メルたちのを借りてきたのか。わかった。帰りまでに作っとく」

支配種の特徴《とくちょう》が見られないリイルにしばらく気が付かなかったが、彼女《かのじょ》は僕がメルたちにあげたペンダントを首から下げていた。

【ミラージュ】の効果で人間の少女に見える。久遠たちより同じかちょい下か？ ステフよりは身長が高いけど。

たぶん服も幻影《げんえい》だな。シンプルな無地のワンピースだ。

「リンゼ、悪いけど……」

「わかりました。何着かサイズの合った可愛《かわい》いものを作っておきますね」

僕が全てを言う前にリンゼがこくんと頷《うなず》く。つうと言えばかあというか、阿吽《あうん》の呼吸というか。長年連れ添《つ　そ》った夫婦《ふうふ》っぽくてちょっと嬉《うれ》しくなる。

リイルはアリスに連れられて、ユミナと一緒《いっしょ》に歴史の授業を受けるべく去っていった。

そういや、彼女の中にいるハルの意識ってどんなタイミングで浮《う》かんで来るんだろう？少なくともエンデが視界に入ると出てくるような気はするんだが。

あいつも大変だな。リイルがいる家に帰れば攻撃《こうげき》され、娘に近づきたくてもそばにリイルがいるから近づけない。

今は安心してメルたちのいる家に帰っているだろうけど……リイルが帰ってきたら追い出されるわけか……。何と不憫な……。

まあ、そのうちなんとかなるだろ。あまり他所様《よそ》の家庭問題には口出ししないことにしよう。

なんてエンデに言い訳がましいことを考えていたら、スマホに着信が。……エンデじゃないよな？　あ、博士か。

「はい、もしもし？」

『「方舟《アーク》」が動いたよ』

博士の言葉にピリッとした緊張感《きんちょう》が走る。

「僕のレギンレイヴと専用機《ヴァルキュリア》の調整は？」

『すまないね。レギンレイヴに関してはまだ手を付けてもいない。専用機《ヴァルキュリア》の方はエルゼ、八重《やえ》、ヒルダ、ルーの四機は仕上がっている。水中でも活動できるし、機動力もある程度はアップしているけど……』

博士の言いたいことはわかる。四機ともどちらかというと白兵戦向きだ。ルーのヴァルトラウテなら換装《かんそう》してなんとか遠距離《えんきょり》に対応できるけども……。

「海騎兵《ネレイド》は？」

「動かせるのは十機ほどかな。ぶっつけ本番で乗ってもらうことになるけど」

騎士団《きしだん》のみんなにはフレームユニットで海騎兵《ネレイド》の機体と水中ステージでの訓練をさせている。

実戦は初めてでも、基本操作はフレームギアとそれほど変わらないから、そこまで手こずることはないと思うんだが……。

「『方舟《アーク》』はどこに向かっているんだ？」

『アイゼンガルドの西の海域を北上しているね。このままだと龍鳳国《オルファアン》にぶつかる」

オルファアン龍鳳国か。鳳帝陛下《ほうてい》の治める島国だ。ちょうど日本に似たイーシェンと真逆の形をした国である。

『方舟《アーク》』の目的地は龍鳳国なのか？　それともその近くの海底資源が目的？

『海底資源が目的なら今は無理して相手しない方がいいかもしれないね。こっちも万全《ばんぜん》じゃない。キュクロプスの量産は許してしまうが、一気に千機も二千機も増えるわけじゃないし」

確かにその通りだ。僕らが考えている『方舟《アーク》強襲《きょうしゅう》作戦』は、『方舟《アーク》』に直接乗《の》り込み、あの転移魔法《まほう》を使う潜水《せんすい》ヘルメットの使徒を倒《たお》すこと。

そのためにはまだ少しの時間がかかる。龍鳳国が攻《せ》められるのなら防衛に出向かねばならないが、向こうが海底資源を掘《ほ》るだけというなら放置してもいいと思う。なんとも癪《しゃく》な話だが。

幸い、僕らの懸念《けねん》は外れ、『方舟《アーク》』は龍鳳国の南方の海で掘削《くっさく》作業を始めた。どうやら海底資源が目的だったようだ。

だからといって油断はできない。博士に監視《かんし》体制の強化と、並行《へいこう》して専用機《ヴァルキュリア》の改装や海騎兵《ネレイド》の量産を進めるように頼《たの》んでおく。

一応、近くにあるオルファン龍鳳国とラーゼ武王国に注意を促《うなが》すメールを送っておく。海岸付近で異変を感じたら避難《ひなん》するようにと。

『方舟《アーク》』は動かなくても、半魚人とかの襲撃《しゅうげき》はあるかもしれないからな。

ここ数週間、港町への襲撃は行われてはいない。僕はそれが嵐《あらし》の前の静けさに思えて、なんとも言えない不気味さを感じていた。

◇ ◇ ◇

ブリュンヒルドから遥《はる》か南、鬱蒼《うっそう》とした森が広がる大樹海には『竜骨《りゅうこつ》の塒《ねぐら》』と呼ばれている場所があった。

密林の中にひっそりと口を開けた大空洞である。

ここは大樹海にある赤竜《せきりゅう》が統《す》べる竜たちの生息地、『聖域』から少し離れた場所にある、彼らにとっては大切な場所であった。

広い洞窟《どうくつ》の中には大小様々な竜の骨が転がっていた。『竜骨の塒《ねぐら》』とはその名の通り、年老いた竜が最期《さいご》の時を過ごす場所。

かつて仲間であった者たちに囲まれて、黄泉路《よみじ》へ旅立つための、大切な終《つい》の住処《すみか》であった。

最強の魔獣と言われるだけあって、竜は繁殖力《はんしょくりょく》が強くない。

強い故に種族的にあまり増える必要がないのだ。千年に十匹《ぴき》も生まれればいい方である。

竜は長命種であるから、長い時を生きる。生まれる数が少なくとも、いつの時代もある程度の数は必ず存在していた。

しかしながらここ数年、竜は大きく数を減らしている。

分別を知らぬ若い竜たちの暴走、『竜王《りゅうおう》』を名乗る竜人族による支配と殺戮《さつりく》など、多くの竜が『竜骨の塒《ねぐら》』で生を終えることなくこの世を去った。

最後にここで竜が眠《ねむ》りについたのは何百年以上も前のことである。

竜の骨は大きな魔力《まりょく》を内包しており、何千年経《た》っても朽《く》ちることはない。

長い年月をかけて、『竜骨の塒《ねぐら》』には多くの竜の亡骸《なきがら》が転がっていた。

その亡骸が眠る、竜にとっての聖地とも言える場所に、三人の怪《あや》しい影《かげ》が立っていた。

一人はメタリックブルーの手斧《ハチエット》を腰に差した、潜水ヘルメットの男。

もう一人はメタリックオレンジの戦棍《メイス》を腰にぶら下げるドミノマスクの女。

そして最後の一人は黒いローブに身を包み、山羊《やぎ》の頭蓋骨《ずがいこつ》を被《かぶ》った、見るからに異様な男。

山羊骨男はメタルブラックの王笏《セプター》を手にしていた。

「はー……骨、骨、骨、骨、骨ばっかり。辛気臭《しんきくさ》いったらありゃしない」

「ここは墓場のようなものなんですから骨があるのは当たり前でしょうが」

鬱陶《うっとう》しそうに呟いたドミノマスクの女――タンジェリンに、潜水ヘルメットの男――インディゴがため息をつきながらそう返した。

「で？　使えそうなの、これは？」

「問題ない。魔力を充分《じゅうぶん》に内包しておる。これならば良い触媒《しょくばい》になろうて」

タンジェリンの問いかけに黒ローブの男がしわがれた声で返した。喉《のど》の奥《おく》から愉悦《ゆえつ》を漏《も》らす黒ローブに、タンジェリンが、うえっ、と舌を出す。

「なら急ぎなさい、グラファイト。グズグズしてると……って遅《おそ》かったみたいですね」

インディゴの声にグラファイトと呼ばれた黒ローブが振《ふ》り返る。そこには洞窟の入り口に立つ、巨大《きょだい》な赤い竜がこちらを睨《にら》みつけていた。

『誰の許しを得てここに入っている。ここは貴様らのような者が立ち入って良い場所ではない』

煮《に》えたぎる怒《いか》りを含《ふく》んだ声が赤竜から発せられる。問答無用で炎《ほのお》のブレスを吐《は》きたいところだが、同胞《どうほう》たちの眠りの場を荒《あ》らすわけにはいかない、と、彼はなんとか自制していた。

できればこいつらがここを出て行ってから、燃やし尽《つ》くしたい。

「ほう、赤竜か。これは面白《おもしろ》い。こやつの骨も使えるな。タンジェリン、倒すのは任せたぞ」

「はあ!?　なんで私がそんな面倒《めんどう》なこと……！」

勝手なことを述べるグラファイトに対し、タンジェリンが文句を返した瞬間《しゅんかん》、ゴウッ！　とその場が煉獄《れんごく》の炎に包まれた。

相手に立ち去る気がないとわかった瞬間に、赤竜が我慢するのをやめたのだ。

赤竜の吐く炎のブレスはミスリルでさえ溶《と》かす威力《いりょく》を持っている。オリハルコンでさえ、何度も受ければただでは済まない。そんなブレスを受ければ人間など骨も残らずに消え去ってしまう。

周囲にある竜の骨はオリハルコン並みの頑丈《がんじょう》さと魔法抵抗力《まほうていこうりょく》があるため、一撃《いちげき》で溶けることはない。故に、赤竜は遠慮《えんりょ》なく吐いた。同胞たちの眠りを邪魔してしまった後ろめたさはあるが、彼らも一刻も早く再び眠りにつきたいに違いないと心の中で自分を弁護する。

やがて炎が消え去ると、赤竜の前には何も残ってはいなかった。

『ふん、消えたか。それにしても見張りは何をしていたのか……怠慢だな。これだから近《ちか》頃《ごろ》の若い竜《もの》は……！』

と、言いかけて振り向いた赤竜はギョッと目を見開く。

なぜなら先ほど炎のブレスで消したはずの人間が、自分の眼前まで迫《せま》っていたのだ。

「はー、めんどい」

『ガフッ⁉』

気の抜《ぬ》けた声と共に、空中に飛び上がっていたタンジェリンが、メタリックオレンジの戦棍《メイス》、『ハロウィン』を振り下ろす。

赤竜にしてみれば爪楊枝《つまようじ》くらいでしかない金属の棒なのに、まるで同胞の尻尾《しっぽ》の一撃を食《く》らったように感じるほど重い一撃が横《よこ》っ面《つら》を襲《おそ》う。

続けざまに二撃、三撃と戦棍《メイス》の打撃《だげき》が赤竜に叩《たた》き込まれる。

一撃目より二撃目、二撃目よりも三撃目と、威力がどんどんと上がっている。

何度も殴《なぐ》られていた赤竜が反撃《はんげき》とばかりに炎のブレスを吐くと、タンジェリンはまるで水の中に落ちるように地面へと消えた。

『なに⁉』

消えた女の姿を捜して視線を洞窟内《どうくつない》に彷徨《さまよ》わせると、その場から離れた場所に、先ほど消したと思っていた残りの人間が二人いるのが見えた。

自分を殴りつけた女はいない。一体どこへ？　と赤竜が警戒《けいかい》していると、突如《とつじょ》脳天に今までで一番重い一撃が振り下ろされた。

『ガハッ……!?』

いつの間に頭上へ!?　ここに至り、赤竜は相手が何かしらの転移能力を持っていることに気付いた。

いや、この女から周囲への魔力の流れは感じなかった。だとすれば残りの二人、どちらかの仕業《しわざ》であろう。

ならばそちらから片付けなければ、と考えたところでぐらりと赤竜の頭がふらつく。

頭を殴られたせいか、目の焦点《しょうてん》が合わない。立っていることもできず、赤竜は横倒《よこだお》しに洞窟の地面に音を立てて倒れた。

「けっこう持った方ね。さすがは竜と言うべきかしら」

「馬鹿者が。竜の頭蓋骨は一番貴重な部分ぞ。砕《くだ》けてしもうたら使えないではないか」

「は！　文句言うなら自分でやりなさいよ！」

言い争いをしている奴《やつ》らにせめてブレスの一撃を食らわせてやろうと赤竜は口を開くが、首が思うように定まらない。

『おのれ……！　ここまでか……！』

赤竜が諦《あきら》めかけたその瞬間、どこからともなく白い霧《きり》が洞窟内に広がり始めた。

霧は瞬《また》く間《ま》に洞窟内に満ち、わずか数メートル先も見えないほどになる。

「ちょっと、何よ、この霧⁉」

「タンジェリン、迂闊《うかつ》に動かないように。これはただの霧ではありません」

インディゴの言葉にタンジェリンは素直に従い、その場に留《とど》まり、周囲を警戒する。

この霧の中から誰かが襲いかかってこないとも限らない。

時間にして僅《わず》かに一分ほど。霧の中で戦闘《せんとう》態勢を崩《くず》すことなくいた邪神《じゃしん》の使徒たちは、だんだんと霧が薄《うす》れていくのを感じた。

「あら？」

「は、やられたの」

完全に霧が晴れたそこには、横たわる赤竜の姿がなかった。

「逃《に》げられましたか。となると急いでこれらを回収しないといけませんね。さすがに群れで来られてはたまりません」

「そう思うのならさっさとやれ。それがお前さんの仕事じゃろ」

「まったく人使いの荒《あら》い……」

グラファイトに言われるがままに、インディゴは洞窟内に横たわる竜骨を転移させ始めた。

◇　◇　◇

『ぐ……』

『赤竜、大丈夫ですか？』

まだぐわんぐわんと揺《ゆ》れる頭を赤竜がなんとか起こすと、そこには白き竜の姿があった。

赤竜よりも一回り小さく美しい竜である。

『霧竜《きりりゅう》……そうか、お前が助けてくれたのか』

霧竜は竜族の中でも珍《めずら》しい転移能力を持つ竜である。正確に言えば霧を生み出し、自身、あるいは対象を霧化させ、その中を自由に移動できるという能力《ちから》を持っていた。

これは【テレポート】ではなく【ゲート】に近いが、一瞬《いっしゅん》で移動できるわけではなく、広範囲《こうはんい》に広げた霧の中を進まなければならないという欠点も持つ。

現在、赤竜がいる場所は、『竜骨の塒《ねぐら》』からだいぶ離れた森の中であった。ここまで霧竜が運んでくれたのだろう。

『塒』の上を飛んでいたら、赤竜の炎が噴き上がるのを見て……いったい何があったのです？　あの人間たちは？』

霧竜はその特性故にあまり高い攻撃力《こうげきりょく》を持たない。赤竜がやられているのを見て、自分一人ではどうにもならないと判断し、赤竜を救助、そのまま逃走《とうそう》を選んだわけであるが、彼女の判断は正しかったと言える。

『わからん……が、墓荒らしには変わらぬ。同胞たちの眠りを妨《さまた》げる者を放ってはおけぬ！』

赤竜は満身創痍《まんしんそうい》の身を奮い立たせ、再び『竜骨の塒《ねぐら》』へと向かおうと背中の翼《つばさ》をはためかせるが、すぐにふらつき、地面へと落ちた。

『おのれ……！』

『赤竜はここにいて下さい。私が様子を見てきます』

そう言うと、霧竜は再び霧をあたりに発生させ、その場から溶けるように姿を消した。

霧を広げていき、そのまま『竜骨の塒《ねぐら》』の中へと進入《しんにゅう》する。霧竜が霧の中からその身を現したとき、洞窟内にもはや人の影は見られなかった。

それどころか眠りについていたはずの同胞たちの骨も一つ残らず消え去っていたのであ

る。

◇　◇　◇

「間違いない。そいつらは『邪神の使徒』だな」

竜の神獣《しんじゅう》である瑠璃《るり》の下へとやってきた白い竜から話を聞き、それが邪神の使徒の仕業だと僕らにはすぐにわかった。

くそっ、『方舟《アーク》』だけを見張っていても、転移魔法で邪神の使徒どもがあちこちに移動しているんじゃ捕《つか》まえようがない。裏をかかれたとかそれ以前の問題だ。

「あいつら竜の骨を集めて何をする気だ？」

「竜骨は万能《ばんのう》の素材です。武器の素材としてもオリハルコン並みですし、魔法や薬の触媒としても使えますからね。キュクロプスのインナーフレームに使うのかもしれません」

僕《ぼく》の疑問に中庭で魔法銃《スペルキャスター》を整備していたクーンが答えてくれた。

え、竜の骨って薬にもなるの……？　砕いて粉にして飲むとか？　それとも豚骨《とんこつ》スープ的な……？

竜肉があれほど美味《うま》いんだから、その骨で出汁《だし》を取り、スープを作ったらさぞ美味いんだろうな……。竜骨ラーメンとか……ちょっと興味あるな。

何かを感じ取ったのか、霧竜が僕から一歩下がった。おっと余計な思考が漏れたようだ。

『主《あるじ》。『邪神の使徒』とやらの討伐《とうばつ》に赴《おもむ》く際は是非《ぜひ》とも私をお供に。眠りを妨げられた者たちの怒りを与《あた》えてやりたく存じます』

瑠璃のメラメラと燃えるような青い瞳《ひとみ》がこちらを向く。瑠璃は冷静沈着《ちんちゃく》な性格に見えるが、かなりの激情家だ。眷属《けんぞく》たちのされた仕打ちに怒りを燃やしているのだろう。

『竜骨の塒《ねぐら》』で生涯《しょうがい》を終えた者は基本的に寿命《じゅみょう》を迎《むか》えた者たちである。

戦いの中で命を落としたのなら、その身を勝者に自由にされても竜たちに文句はないらしい。

だが長い生涯を終え、安らかに天へと旅立った者たちの遺骸《いがい》を貶《おとし》めることは、どうにも我慢《がまん》がならないということだ。

寿命で生涯を終えた竜ということは、間違いなく古竜《エンシエント》に至った竜だからなあ。いわば歴代の長老たちなわけで。その墓を荒らされたら竜たちも怒るだろうし、そのトップである瑠璃としても黙《だま》っちゃいられないよな。

「古竜《エンシエント》の骨……ね。まさかとは思うけど」

「リーン？」

魔法銃《スペルキャスター》を整備するクーンの横で、魔導書《まどうしょ》を開いていた母親のリーンが娘《むすめ》に似たその顔を上げる。

「竜の骨を使った魔法生物を生み出そうとしているのかもしれない。竜牙兵《ドラゴントゥースウォーリア》……スパルトイとも呼ばれる魔法で生み出された兵が、古代魔法王国の一国では不滅《ふめつ》の兵として使われていたらしいわ」

「半魚人に四つ腕ゴレムに今度は竜牙兵かよ……。くそっ、向こうは着々と戦力を増強しているな……」

まあ、こっちも準備万端《ばんたん》整いつつあるが……。

神器もできたし、『方舟《アーク》』も発見した。新機体の『海騎兵《ネレイド》』の量産も、専用機《ヴァルキュリア》の改装も進んでいる。

いくつかの不安な要素はあるけれども、それを気にしていたらいつまでも攻め込めない。

僕は『邪神の使徒』との激突《げきとつ》が近いことを感じていた。

「だからさー、どうにかもう一つの人格を封《ふう》じることができるような、そんな魔法とか魔道具とかはないかと……」

「そんな都合のいいものはございません」

城のリビングでそう語る、お疲《つか》れ気味《ぎみ》のエンデの言葉を僕はズパッと断《た》ち切る。

相変わらずリイルとエンデの仲は悪く、家に帰れない日々が続いているようだ。

いや、正確にはリイルがアリスに付いて城に来ている時に帰ってはいるようなんだけど。

今日はこうして僕に愚痴《ぐち》を溢《こぼ》しているが。

今日のアリスはリイルを連れて久遠とダンスの練習をしている。そのアリスに会いに行けない親父が僕に管《くだ》を巻いているのだ。

そもそもリイルとエンデ自体は仲が悪いわけではない。リイルに組《く》み込まれたハルの人格がエンデのことを蛇蝎《だかつ》のように嫌《きら》っているだけで。

「あの子の主人格はリイルという女の子なんだろう？　ならそこからハルの人格を抜けば問題はなくなると思わないかい？」

◇　◇　◇

「あのな、『結晶界《フレイジア》』にいたオリジナルのハルがどうなったかわからないんだぞ？　もし死んでいたとしたら、あの人格はメルにとって弟の記憶《きおく》、いや、弟そのものじゃないのか？　それを消せるか？」

「いやいや、違う違う。僕は消せとは言ってないよ。一時的に封じるというか、こちらの都合で眠らせたり起こしたりできないかって話さ。感情によってその度にハルに乗っ取られるのはリイルだって本意じゃないだろう？」

うーむ……言ってることはわかるが、お前がハルと和解すればいいだけの話じゃないのか？

エンデに対する怒りによってリイルの表面意識に出てこなくなれば、普通《ふつう》に付き合えると思うんだが。

「和解できる気がしない……」

げんなりとうなだれるエンデに、僕もなんと言ったらいいのか言葉が浮かばない。

「冬夜《とうや》は結婚《けっこん》するとき、向こうの親兄弟に反対とかされなかったのかい？」

「特には……あ、いや、桜のとこの魔王《まおう》陛下にだけは睨まれたかな……」

まあ、睨まれただけでそれほど反対されたわけでもないが。桜自身が完全に僕の味方なので、魔王陛下は手も足も出なかったからな。

「メルに間に入ってもらえば多少は話を聞いてもらえるんじゃないのか？」

「メルも『結晶界《フレイジア》』を捨てたっていう負い目があるから、あまり強くは言えないんだよ」

「まあ、気持ちはわかるけど……」

でもそれじゃいつまで経っても解決しないぞ？　解決しないといろいろと……。

「……困るのはエンデだけだから解決しないでもいいのか……？」

「ちょっと!?　アリスだって僕と会えないから困ってるよ!?」

「そんな話は聞かないけど。リイルと姉妹のように仲良くしてるぞ」

白くなったエンデがパタリとソファーに横倒しに倒れた。

あ、しまった。余計なこと言った。

倒れたエンデをどうしようかと悩《なや》んでいると、どこからか着信音が鳴った。

あれ？　僕のじゃないな。エンデのか？

「はい、もしもし……？　え？　うん、まあ大丈夫だけど……」

生気を失ったようなエンデの目が少しずつ回復していく。むくりとソファーから身を起こすと、電話の相手と何やら話し始めた。

なんだろう？　メルに今日の晩御飯《ばんごはん》の食材を買ってきて、とか言われてんのかね？

ピッ、と通話を切ったエンデの視線がお茶を飲んでいた僕の方へと向く。

「ギルドマスターから電話だよ。サンドラ地方で集団暴走《スタンピード》が起こったって」

「集団暴走《スタンピード》!?」

穏《おだ》やかじゃない話に僕も自分のスマホを取り出してマップを空中に展開、サンドラ地方をズームする。

「検索《けんさく》。集団で暴走している魔獣《まじゅう》、魔物《まもの》」

『検索します……検索完了《かんりょう》。表示しまス』

パッとマップ上に赤い表示が固まって現れた。マップ上ではゆっくりと見えるが、本来ならものすごい勢いで進んでいると思われる。

「数は？」

『大小含めて三二六九一体でス』

多いな……。かなり大規模な集団暴走《スタンピード》だ。

マップで見ると集団の暴走する先にかなり大きな町が一つある。このままだと三時間も経たずにぶつかるな。

この地方を治めていたサンドラ王国はもうない。現在はいくつかの都市国家が独立して細々と交易をしている状態だ。

この地方ではユーロンと同じく、国の崩壊《ほうかい》を招いたとして僕の評判はすこぶる悪い。主に奴隷《どれい》を奪《うば》われた人々に。

　この町もサンドラにある以上、そういった元奴隷商人なんかが支援《しえん》して成り立っている町なんだろうけど……。

「で、ギルドマスターのレリシャさんはなんて？」

「討伐依頼《とうばついらい》だね。せっかくサンドラの方にも冒険者《ぼうけんしゃ》ギルドを置いたのに、ここで潰《つぶ》されちゃ困るってさ」

　討伐依頼か。しかし『竜騎士《ドラグーン》』を持ってるとはいえ、エンデ一人じゃさすがに荷が重くないか？

「大丈夫《だいじょうぶ》。王冠《おうかん》の『黒』と『赤』にも参加要請《ようせい》するって言ってた」

「ノルンとニアか」

『黒』の王冠・ノワールのマスターであるノルンと、『赤』の王冠・ルージュのマスターであるニア。

　二人とも冒険者ギルドに登録していて、さらにウチからオーバーギアを貸している。

　これにエンデの『竜騎士《ドラグーン》』、さらに凄腕《すごうで》の冒険者たちが加われば三万もの魔獣の群れでもなんとかなるか？　サンドラにはエンデが転移させるだろうし。

「冬夜も参加してもいいんだよ？　この依頼《いらい》、赤ランク以上の冒険者なら誰《だれ》でも参加できるから」

「うーん、レギンレイヴが調整中だからなあ……」

生身で参加でも別に困らないけど、僕ってあの国の人たちに嫌われているからさあ……。姿を見られるのはちょっとね。地元出身の冒険者も多いだろうし。

黒騎士《ナイトバロン》とかで参加してもいいんだけど……久しぶりに身体を動かした方がいいか。ここ最近神器を作ることに夢中になっててあんまり戦ってなかったし。

例によって銀仮面を被れば正体はバレないだろ。銀の鬼武者《おにむしゃ》・シロガネの再登場だ。それに『邪神の使徒』との戦いの前に勘《かん》を取り戻《もど》しておきたい気持ちもあるしね。

「じゃあ参加するか。レリシャさんに連絡《れんらく》を入れておこう」

突然《とつぜん》銀仮面の鬼武者が参加したら驚《おどろ》かれるかもしれないので、詳《くわ》しい説明をしたメールをギルドマスターのレリシャさんに送っておく。これでよし、と。

「じゃあノルンとニアには僕の方から連絡を入れておくから二時間後に町の門の外で」

「了解《りょうかい》ー」

エンデはそう答えるとリビングの窓から外へと出ていく。だから、ドアを使えと……！

エンデに文句を言いながら、僕も着替《きが》えるために自室へと戻ることにした。

その様子を小さな影が窺《うかが》っていたことなど、まったく気がつかずに。

◇◇◇

町の門前に来ていたエンデ、ノルン、ニアと合流する。ノルンとニアは王冠であるノワールとルージュを連れていた。

ニアの側にいつもいる義賊団《ぎぞく》『紅猫《あかねこ》』のメンバーがいない。いるのは副首領のエストさんとそのゴレムであるアカガネだけだ。

「『紅猫』のみんなは？」

「あいつらは赤ランクじゃねーから今回は留守番だよ。ウチで赤ランクなのはあたしとエストだけだからな」

ああ、依頼ランクに達《たつ》していないのか。それじゃ仕方ないな。

ノルンの方も擬人《ぎじん》型ゴレムのエルフラウさんがいないけど、同じ理由だろう。エルフラウさんは介護《かいご》医療《いりょう》に特化した擬人型だとノルンの姉であるエルカ技師が言ってたし、戦闘には不向きなのだと思う。

「……どうでもいいけど、アンタなんて格好してんのよ。頭おかしくなったの？」

すでに鎧《よろい》姿に陣羽織《じんばおり》、銀仮面を被っていた僕は、ジト目のノルンから厳しい意見をいただいた。そんなに変かね？

「サンドラ地方だと僕は評判悪いんだよ。これは余計な恨《うら》みを買わないための変装。この姿の時はシロガネと呼んでくれ」

「評判悪いって……アンタなにしたのよ？」

「あー……そこにあった国を潰した」

ええ……？　と、ノルンだけじゃなく、ニアやエストさんまで引いたのがわかる。

いやいや、先に宣戦布告してきたのは向こうだからね!?　僕は降りかかる火の粉を払《はら》ったに過ぎない。

説明してもわかってもらえそうになかったので、さっさとサンドラへと【ゲート】を開く。

「わ!?」

【ゲート】を抜けると約束の場所にすでにギルド職員の男性が待ち受けていた。

ここはサンドラ地方の砂漠《さばく》にある小さなオアシスのひとつだ。今回の討伐依頼を受けた冒険者たちは一度ここに集まることになっている。すでにチラホラと何人かの冒険者たちがオアシスの周りに集まっているようだ。

レリシャさんを通して僕らのことは連絡を入れてあったので、職員の男性が慌《あわ》ててこちらへと駆《か》けてきた。

「金ランク冒険者のエンデ様に、赤ランク冒険者のノルン様、ニア様、エスト様……と、シロガネ様、ですね？」

金ランク、と聞いて、冒険者たちにどよめきが走る。現在、冒険者ギルドには金ランク冒険者は三人しかいない。レスティア騎士王国の先々王であるギャレンさんと、エンデ、そして僕だ。

あとは八重とヒルダがもうちょっとで金ランクになれるというところだけど。

さっき職員さんはわざとシロガネとしてのランクを曖昧《あいまい》にした。きちんとギルドでは口裏を合わせてくれているみたいだな。

「話には聞いていましたが、本当に転移魔法が使えるんですね。驚きました。さすが金ランク冒険者ですね」

「あー、まあね」

職員さんの感心したような言葉にエンデが言葉を濁《にご》す。【ゲート】を使ったのは僕だけど、エンデだって転移魔法を使えるから嘘《うそ》ではないけどね。

「それで依頼を受けた冒険者はこれで全員？」

「はい。サンドラ地方の赤ランク冒険者九十四人です」

僕らを入れてだいたい百人か。ゴブリンやコボルトなど雑魚《ざこ》も多いとはいえ、三百倍もの魔獣の群れを相手にしようなんて狂気《きょうき》の沙汰《さた》に思える。

だが赤ランクは一流冒険者。それくらいの実力はあるはずだ。それに今回の討伐依頼は、エンデやノルンたちの参加を前提として呼びかけられている。問題はない。

「っていうか、ここ暑いわね……。悪いけど戦闘が始まるまで私は涼《すず》ませてもらうわ」

ノルンがそう言うと懐《ふところ》から【ストレージカード】を取り出して一振《ひとふ》りし、砂漠にライオン型オーバーギア、レオノワールを出現させた。

驚く冒険者たちを尻目《しりめ》に、ノルンはそのままさっさとノワールとともにコックピットへと乗り込《こ》んでいく。

いや、そりゃオーバーギアの中は冷房《れいぼう》機能があるから涼しいけどさあ……。

「あー、あたしもそうしよ」

ノルンと同じくニアも虎《とら》型オーバーギア、ティガルージュを呼び出して乗り込み始めた。この自由人らめ……。

レオノワールとティガルージュを見た冒険者たちは、どこかちょっと安心したような表情を浮《う》かべる。やっぱりちょっと不安だったんだろうな。

サンドラの冒険者の中には、元奴隷で剣闘士《けんとうし》だった者も多いと聞いている。元奴隷の人たちなら解放した僕のことを恨んじゃいないと思うけど、変に騒《さわ》がれても困るからやはり変装してきて正解だったと思う。

「とう……シロガネ、魔獣の群れはどこまで来てる？」

「あと三十分ほどでここに着くな」

僕はスマホのマップを見ながらエンデに答える。エンデも収納空間から『竜騎士《ドラグーン》』を呼び出していた。

このオアシスの背後には大きな町がひとつある。その町にも衛兵はいるが、理想はその町まで一匹も魔獣を通さない、かな。

数十匹程度なら漏らしても町の衛兵だけで片付けられるだろうけども。

「さて、僕も準備するか」

竜騎士《ドラグーン》に乗り込むエンデを見ながら、僕は【ストレージ】から晶材製《しょうざい》の刀を大小二本取り出して腰《こし》に差す。ブリュンヒルドだと目立つからな……。僕だと身バレするおそれもある。

晶材製の武器はフレイズのカケラを手に入れた他国でもわずかにだが作られているので、

言い逃《のが》れはできる。

あとは琥珀《こはく》を呼び出して、と。

『主《あるじ》、その姿は……？』

胡乱《うろん》そうな目を琥珀が向けてくる。『また変なことをしようとしてますね？』と言わんばかりの目だ。

「ちょっと集団暴走《スタンピード》を止めようかなってね。イーシェンで暴れたように琥珀にも付き合ってもらおうかと」

『なるほど。まあ最近運動不足でしたので構いませんが』

運動不足、ねぇ……。まあ城であれだけ食っちゃ寝《ね》、食っちゃ寝して、虎だか猫だかわからない生活してりゃ、そら運動不足にもなるわな。

……という言葉を飲《の》み込む、僕であった。

「ん？」

不意に視線を感じ、背後を振り向く。

そこにはサンドラの冒険者たちが集団暴走《スタンピード》に備え、武器の手入れや精神集中をしている姿があった。

何人かこちらを窺っている者がいる。彼《かれ》らの視線だったのだろうか？　好奇心《こうきしん》というよりは警戒しているような視線に思えたのだが。ま、いいか。

『とう……あー、シロガネ。先頭の奴らが来たみたいだよ』

竜騎士《ドラグーン》からエンデの声が響《ひび》く。オアシスから【フライ】で飛び上がり、空中から砂漠の方を凝視《ぎょうし》すると、ゆらゆらと揺れる熱気の中に砂煙《すなけむり》が上がっているのがなんとか見える。

「【ロングセンス】」

視覚を強化して確認《かくにん》すると、数えきれないほどの魔獣がこちらへ向けて爆走《ばくそう》していた。

砂ゴブリン、デザートスコーピオン、バジリスク、サンドクローラー、リザードマン、デザートバッファロー、サンドシャーク……その他知らない魔獣も多いな。

サンドシャークやサンドクローラーのように、砂の中を移動できる魔獣や魔物が先陣《せんじん》切って突《つ》っ込んできている。

スピードに差があるようで、波のように広がって押《お》し寄せてくるというよりかは、槍《やり》のように縦に長く続いているような感じだ。

ま、その方が迎え撃《う》つこちらとしてはやりやすい。

『来やがったか。うっしゃあ、先行くぜ！』

ニアのティガルージュがオアシスから意気《いき》揚々《ようよう》と飛び出していく。

『ったく……！　一人だけ突出《とっしゅつ》してんじゃないわよ』

呆《あき》れたような声とともにノルンのレオノワールも駆け出していった。

『んじゃ僕も』

エンデの竜騎士《ドラグーン》も踵《かかと》の車輪を下ろし、滑走《かっそう》モードで砂漠を走り出す。砂に車輪を取られるかと思ったのだが、普通に走ってるな……。博士がなんか改造したか？

三機が飛び出したことで、冒険者たちも戦闘開始とばかりに砂漠へと突撃《とつげき》を開始した。

僕も遅《おく》れるわけにはいかないな。

地上に降り、大虎《おおとら》状態になった琥珀に跨《また》がる。僕が晶材の太刀《たち》を抜くと、琥珀が勢いよく走り始めた。

「銀の鬼武者、推《お》して参る、と」

あっという間に琥珀の足は冒険者たちを抜き去り、エンデたちに迫っていく。砂漠の上だというのに速い速い。

「琥珀、エンデたちの周りをうろちょろしてると邪魔《じゃま》になるから、ここらへんで待ち構えて、溢《あふ》れてきたやつを叩こう」

『御意《ぎょい》』

琥珀がズザザッ！　と砂煙をあげてその場に止まる。すでに前方では魔獣の群れに突っ込んだエンデたちが、容赦《ようしゃ》のない蹂躙《じゅうりん》を開始していた。

その中から砂の上に背ビレだけを見せたサンドシャークがこちらへと向かってくる。

砂の中を泳ぐサメ型の魔獣は、正面にいた僕を丸呑《まるの》みにしようと大きく口を開けて飛びかかってきた。

『失《う》せろ、下郎《げろう》が』

砂の中から飛び出してきたサンドシャークを琥珀が口から放った衝撃波《しょうげきは》でバラバラに吹《ふ》っ飛ばす。

大小様々な肉片《にくへん》となった砂漠の鮫《さめ》は砂地に落ち、赤い染《し》みを作った。

サンドシャークのヒレって食べられなかったっけ？　フカヒレになるかな？　捨てていくとルーとアーシアあたりに怒《おこ》られそうなので、一応【ストレージ】で回収しておく。

「おっと、今度はこっちからか」

サンドシャークとは逆方向から今度はデザートバッファローが突撃してくる。砂漠に生息する凶悪《きょうあく》なツノを持った肉食の猛牛《もうぎゅう》だ。

突っ込んでくる猛牛を琥珀はひらりと躱《かわ》し、すれ違《ちが》いざまに僕が水晶刀《すいしょう》で首をサクッと斬《き》り落とす。

首チョンパされた牛は砂の上に前のめりに転がった。

……この牛もルーとアーシアに『なんで持ち帰らなかった！』と怒られそうだなァ……。

……回収しとこ。一応。一応ね？

『ギャギャギャ！』

「お前はいらない」

飛びかかってきた砂ゴブリンを斬り捨てる。食えんやつはいらん。

「よし琥珀、食えるやつを重点的に狙《ねら》っていこう」

『基準がおかしな気がします……』

僕の言葉に首を捻《ひね》りつつも、琥珀が砂の上を駆け出した。

エンデたちが取り逃がした魔獣の群れの中に飛び込み、片っ端《かたっぱし》から斬り裂《さ》いていく。ちょこちょこ合間合間に【ストレージ】で回収するのも忘れない。

群がる魔獣を魔法《まほう》で一掃《いっそう》してもいいんだが、それだと冒険者たちの稼《かせ》ぎを奪うことになるし、一応、戦いの勘を取り戻したいって目的もあるからやめとこ。

襲いかかってくる魔獣を相手にしていると、鈍《にぶ》っていた感覚が段々と研《と》ぎ澄《す》まされていく。やはりこういったひりつくようなピリピリとした緊張《きんちょう》感は、訓練とかでは得られないものなんだと再確認する。

ふと顔を上げると、後続の冒険者たちも魔獣の群れと戦闘を始めていた。

さすがは赤ランク冒険者、どいつもこいつも臆《おく》することなく魔獣たちを次々と屠《ほふ》っている。

地元の冒険者が多いからか、砂漠の魔獣に対して効率の良い倒《たお》し方を知っているようだった。

デザートスコーピオンなど毒を使ってくる魔獣に対しての備えもちゃんとしている。さすがだな。

おっ、エストさんもアカガネと一緒《いっしょ》に戦っているぞ。お互《たが》いがカバーし合って見事なコンビネーションを見せている。さすがゴレムとそのマスター。息がピッタリだな。

冒険者たちもそれに負けずに頑張《がんば》っている。あそこの女の子なんか僕と同じような刀を持って奮闘《ふんとう》しているぞ。イーシェンから来たのかな？　……八雲に似ているなあ。

向こうで斧槍《ハルバード》を振《ふ》り回している子はフレイに似ているし、その奥《おく》でリザードマンをぶん殴っている子はリンネに似てら。

おっと今体当たりで突っ込んでいったのはステフにそっくりじゃないか。

あっちの魔法を放っている子はエルナに似ているし、気持ちよさそうに歌っている子はヨシノに似ているね。食べられそうな魔獣を回収しているのはアーシアに瓜二《うりふた》つだ。

そんでもってパワードスーツみたいなものに乗って暴れているのはクーンにしか見えないや。はっはっはっ……。

「こっ、こら――――ッ!!」

なにやってんの、うちの子――――ッ!?

◇　◇　◇

どう見たってうちの子たちが、集団暴走《スタンピード》で襲《おそ》いかかってくる魔獣たちを次々と倒している。

「ちょっ、なんでこんなところにいるの!?」

僕がリザードマンを殴《なぐ》り飛ばしていたリンネの下へと走り、そう咎《とが》めると、リンネは不思議そうに首をこてんと傾《かし》げた。

「おじさん、誰?」

ぐふっ!?　見えない刃《やいば》が僕を斬り裂く。あ、そうか、銀仮面には認識阻害《にんしきそがい》の付与《ふよ》がされているから、僕ってわからないのか……。

この仮面に付与された認識阻害の魔法は知り合いであればあるほど強く作用する。『あれ？　誰かに似てるな……』という意識を消してしまうんだな。

だからリンネが仮面を被《かぶ》った僕を見ても、僕とわかるような特徴《とくちょう》や認識《にんしき》をまったく受けつけないのだ。故に知らない別人として認識する。

それにしてもおじさんって……まだ十八なんですけど……。

「あれ？　ひょっとして琥珀？」

『いかにも』

リンネは僕が乗っていた大虎の方に視線を向け、びっくりした表情を浮かべた。

琥珀には気付くのか……。まあ、そっちは認識阻害されてないからな……。

何かに気づいたリンネがおそるおそるといった感じで口を開く。

「ひょっとしておとーさん……？」

「……おとーさんです」

僕は銀仮面をちょっと外してリンネを見据《みす》える。面白《おもしろ》いようにリンネはあわあわと狼狽《うろた》え始めた。

「あ、あの、その、これわ……！　ク、クーンおねーちゃぁぁん！」

リンネが叫《さけ》ぶと、すぐに大型のパワードスーツのようなものに乗ったクーンがガッシャンガッシャンとやってきた。

これってクーンの作った、重装型アームドギア『ベオウルフ』、だっけ？　なんつーもんに乗っててんのさ……。

「どうしたのよ、リンネ。どこか怪我《けが》でもしたの……って、お父様!?」

銀仮面を外している僕を見つけ、クーンがリンネと同じように驚いた顔を見せた。

「クーン？　これはいったいどういうことなのかな？」

「あ、あの、その、これわ……！　や、八雲お姉様ぁぁ！」

リンネと同じような反応をありがとう。

こうしている間にも襲いかかってくる魔獣たちを斬り伏《ふ》せて、望月家《もちづき》が長姉《ちょうし》・八雲がやってきた。

「なにをサボっているんです！　率先《そっせん》してランクの高い魔獣を倒さないと……って、ち、父上!?」

妹たちと同じ驚き方の八雲になんか、スン……、となった。

うちの子は上の子に責任を押し付けるところがあるな。ここらへんは直していかないとな。

「で、八雲。一番上のお姉ちゃんから説明はあるんだろうね？」

「あ、あの、その、これわ……！　も、諸刃伯母上《もろはおばうえ》ぇぇぇ！」

「どうしたんだい？　八雲」

「アンタが元凶《げんきょう》だなぁぁぁぁ!?」

ひょこっと現れた諸刃姉さんを思いっきり怒鳴《どな》りつけた。

黒幕発見！　どうせこの最近暴れ足りない脳筋剣神《けんしん》が、うちの子たちを悪の道へと誘《さそ》ったに決まってている！

「元凶とは酷《ひど》い言い草だね。私はどっちかというと引率者兼保護者《いんそつしゃけん》のつもりだったのだけれども」

けらけらと笑いながら諸刃姉さんの放ったソニックブームが押し寄せてきた魔獣たちの群れを真横に一刀両断する。

「私が城で彼女《かのじょ》たちを見かけた時にはすでに八雲の【ゲート】でここに向かっていたんだよ。なにかおもしろ……いや、不安を感じて、私も【ゲート】に飛び込んでから事情を知ったってわけさ」

話を聞くと諸刃姉さんが連れてきたわけじゃなく、自発的に子供たちはここへ来たみたいだ。

なんでも僕とエンデの話をヨシノが立ち聞きしていたらしい。

その話を聞いたステフが行ってみたいと言い出し、リンネとフレイがそれに乗っかり、渋《しぶ》る八雲をクーンがうまく誘導《ゆうどう》……説得したと。

そして諸刃姉さんに捕まり、引率者兼保護者となってもらったと？

「この事は八重たちは知ってるのか？」

「え、と……知らない、かな？　少し運動するくらいのつもりできたから……」

八雲が僕のジトッとした視線を逸《そ》らしながらそう答える。

集団暴走《スタンピード》依頼を少し運動するくらいって……。いや、僕も運動不足解消とか考えてましたが！

この子たちの感覚だと、『公園でサッカーしてくる！』ってレベルのことなんだろうなア……。

いちいちお母さんに知らせる？　ってことなんだろうけど、そこは家庭によって違うからね。確かに望月家《うち》は放任主義に傾《かたむ》いてそうだけど……。

久《く》遠《おん》がいれば止めるなり、僕やユミナに連絡するなりしたんだろうけどな……。ため息とともにそう呟《つぶや》くと、クーンがあからさまに目を逸らした。

こいつ……わかってて久遠に伝えなかったな？　結果、お母さんたちに怒られるのは君

たちだぞ？

「父上、あの、お叱《しか》りは後ということで……。魔獣たちも迫《せま》ってきてますし。ほら、ほら」

「む………はぁ。わかった。みんな固まってバラバラにならないように。何かあったら諸刃姉さんか僕に連絡するんだぞ」

『はーい！』

返事だけはいいんだけどなぁ……。後で僕まで八重たちに怒られそう……。いや、確実に怒られるよな……。なんで止めなかった？　って。

でもこの状態で止めることができるか？　こうも楽しそうにしてるとさ……。

仕方ない。一緒に怒られよう……。

「諸刃姉さん、この子たちのことを頼《たの》むよ」

「任せておきたまえ。ところで冬夜君、『最近暴れ足りない脳筋剣神』ってのは誰のことかな？」

「すみませんでした！」

くそっ、心を読んでいたか！

深々と頭を下げて琥珀にひらりと飛び乗り、そのまま立ち去る。触《さわ》らぬ神に祟《たた》りなし！

『グロロロロロロォォッ！』

「うるさい！」

僕《ぼく》の行く手を阻《はば》むように現れたサンドクローラーの口に【ファイアボール】をぶちかます。今のはちょっと八つ当たりっぽかったな……ま、いいか。

エンデ、ノルン、ニアの駆る三機のフレームギアとオーバーギアによって間引きされてはいるものの、こちらへとやってくる魔獣の数は一向に減らない。

まあこっちには子供たちに加え、諸刃姉さんまで参戦しているから、どれだけ来ようと余裕綽々《よゆうしやくしやく》ですけどね。

とは言え、終わりが見えないってのは精神的にキツいな……。他の冒険者たちがへばってきたら、殲滅魔法《せんめつまほう》で一気に片付けるか……おや？

「なんか見たことない魔獣も交ざってきてるような……」

今倒したサンドシャーク、頭が二つなかったか？　……亜種《あしゆ》かな？

さすがに僕も魔獣を全て知っているわけじゃない。さらにいうなら、ここサンドラ地方には僕はほとんど来ないから、ここにしか生息しない魔獣なんかほとんど知らない。砂漠地方によく生息している魔獣ならだいたい知っているから、同じヤツだと思ったんだけども。

そんなことを考えていたら、また見たことのない魔物に襲われた。

イカ？　タコ？　無数の触腕《しょくわん》を持ったよくわけのわからない魔物が砂の中から現れた。

振り下ろしてきたその触腕を晶刀で切り落とす。紫色《むらさきいろ》の血を流しながら、残りの触腕でさらに襲って来たので全て切り落とした。

すると今度は口からなにか赤茶けたものを吐《は》き出してきた。当然避《よ》ける。と、その液体が落ちた砂漠の砂がじゅうじゅうと白煙《はくえん》を出して、溶《と》け出してしまった。げっ、溶解液《ようかいえき》かよ！

気持ち悪いからさっさと倒してしまおう。イカやタコと同じならあるいは、と思い、目の間を狙って突きを放つと、一瞬《いっしゅん》にして、ぐでっ、とその場に倒れて死んだ。

こんな魔物も初めて見るな。サンドオクトパスとかサンドテンタクラーとでもいうのだろうか。

食えるかな……？　いや、やめとこう。溶解液を吐いてくるようなやつを食べたくはない。

しかし……やっぱりなんかおかしい。さっきから知っている魔獣をほとんど見かけなくなったぞ？

気のせいか襲ってくる奴《やつ》らも強くなっているような……。

僕がそんな疑問に漠然《ばくぜん》とした不安を感じていると、懐のスマホが着信を告げた。エンデか。

「もしもし？　どうした？」

『冬夜、この集団暴走《スタンピード》はなんかおかしい。いつまで経《た》っても終わりが見えない。まるでどこからか無限に湧《わ》き出しているような……』

エンデの言葉に確かにちょっと多すぎるなとは思っていた。

本来、集団暴走《スタンピード》の名のとおり、暴走する魔獣、動物たちがいなければそれは起こらない。大抵《たいてい》は森とか山とか、豊富な食料と水があり、多くの生物が生息する場所で、なんらかの変異が引き金となって起こるものなのだ。

生物が生きていくには厳しいこのような砂漠では滅多《めった》に起こらないはずなのに。

なら、この魔獣たちはどこから？　まるで誰かが砂漠中からかき集め、暴走させたような……。

なんとなく人為的《じんいてき》なものを感じる。ひょっとしてこれも邪神《じゃしん》の使徒の──────。

エンデの言葉に不安を覚えた僕は、もう一度マップを開いてみた。

先ほど見た集団暴走《スタンピード》の形からあまり変わっていない？　現在地までまっすぐに赤い点が伸《の》びただけだ。

最後尾《さいこうび》の位置が動いていない……？　いや、動いていないというよりは『そこ』から後続が現れている……？

「まさか……！　【テレポート】！」

嫌《いや》な予感を感じた僕はその最後尾の場所へと琥珀ごと瞬間《しゅんかん》移動した。

そこで目にしたものは、歪《ゆが》んだ空間から次々と飛び出してくる魔獣の群れ。

飛び出してきた魔獣たちは先を走る魔獣につられるようにまっすぐに砂漠の上を突き進《すす》んでいく。

「これは……！　【ゲート】？　いや……もしかして……！」

「あらら、遅《おそ》かったみたいね」

僕が辿《たど》り着いた考えを裏付けるかのように、聞き慣れた声が後ろからかけられる。

振り返るとそこにはちょっとだけ気まずそうな笑《え》みを浮かべた時江《ときえ》おばあちゃんが立っていた。

ってことはやっぱりこれは……。

「『次元震《しん》』の歪み……？」

「ええ、その通りよ。しかも過去の世界と完全に繋《つな》がりかけている危険な、ね。このままだと過去とこの時代を結ぶ道ができてしまうわ」

それって……前に言ってたタイムトンネルか？　確かタイムトンネルが完全に固定され

てしまうと、過去も未来も現在もごちゃごちゃになり、もはや地上の力ではどうしようもなくなって、結果、破壊神《はかい》が出張ってきてその世界は終わるっていう……。おいおいおい、これってかなりヤバいんじゃ……！

するとさっきの見たことのない魔獣たちは過去から来た絶滅種《ぜつめつしゅ》か！

「ごめんなさいね。大きなことを言っておきながら後手に回ってしまって……。恥《は》ずかしいわ」

珍《めずら》しく時江おばあちゃんが照れ笑いしている。いやいや、笑っている場合じゃないでしょう⁉

だが、そのおばあちゃんが右手を軽く、きゅっ、と握《にぎ》ると、開いていた次元の穴は一瞬で消え失せてしまった。

あ、あれ？　かなりヤバかったはずなんだけどな……。なんかずいぶんとあっさりと……。

「えーっと、さっきの『遅かった』ってのは……？」

「いえね、冬夜君にバレる前に消したかったんですけど……僅《わず》かの差で見つかっちゃいましたね」

そっちかよ⁉　証拠隠滅《しょうこいんめつ》しようとしてたの⁉

ほほほ、と時江おばあちゃんが誤魔化《ごまか》すように笑う。

「ここのところ大きいのから小さいのまで、次元の歪みが多く発生しているの。次元震の影響《えいきょう》かと思っていたのですけど、どうもその陰《かげ》でこそこそと動いている輩《やから》がいたようね」

「……それってやっぱり邪神の使徒？」

「ええ。間違《まちが》いなく向こうは意図的に『歪み』を生み出しているわ。結果、過去世界から異物が流《なが》れ込んできているの。それが引き金となって集団暴走《スタンピード》なんかが起こりやすくなっているんだけど、今回のは過去世界の集団暴走《スタンピード》がこちらに流れてきてしまった。次々に出てくる魔獣《まじゅう》たちに、時空の穴が閉じようにも閉じなくて固定されかかっていたわけ」

普通《ふつう》、小さな時空の穴は世界の修復力で閉じる。だが、大きなものだと閉じるのに時間がかかり、稀《まれ》に固定されてしまうこともある。これがタイムトンネルらしい。

今回のは魔獣が次から次へと通るもんで、なかなか穴が閉じなかったということか。

時江おばあちゃんかいなければ間違いなく破壊神が来ていたな……。

まさか邪神の使徒の狙いってそれじゃないよな？　破壊神によるこの世界の終焉《しゅうえん》。そんな自分たちも滅《ほろ》ぶようなことをするとは思えないが、破滅《はめつ》願望を持つ輩もいるからな……。

「ちょっと気になるのは過去としか繋がっていないってことね。次元の歪みなら未来とも繋がってもおかしくはないんだけれど……」

「そういえば……」

過去からの来訪者……絶滅種はかなりいるのに、未来から来たってのは久遠たちぐらいだ。

久遠たちやリイルが未来からこちらの世界に来たのは間違いなく次元震の影響だ。おそらく邪神の使徒は関わってはいない。

過去世界にこだわるなにか理由がある……？

「まさか……僕らが倒す前の邪神を未来《こっち》の世界に？」

「無理ね。私がいる限り邪神なんてふざけたモノはどこの時代にも渡《わた》らせないわ。もし来ても逆に時の無限回廊《かいろう》に送りつけて、永遠に彷徨《さまよ》ってもらうし」

僕の推測は時江おばあちゃんに打ち消された。時の無限回廊ってなに……？　ちょっと怖《こわ》いんですけど……。

内心ビビっていた僕を気にもとめず、ため息をつきながら時江おばあちゃんが話を続ける。

「まあ、それを知らずに無駄《むだ》な努力をしている可能性もあるけれど……」

ああ、そういう可能性もあるのか。

邪神の使徒は過去世界から邪神を呼び出そうと頑張っている。でもそれは時空神である時江おばあちゃんによって阻まれていて、無駄な努力……ってこと？

もしそうならなんとも哀《あわ》れな話だけど、本当にそうだろうか……？

「あれ？　ということはこの手の集団暴走《スタンピード》がこれからも頻繁《ひんぱん》に起こる……のかな？」

「今回はたまたま過去世界《あっち》の集団暴走《スタンピード》を呼び込んでしまったから、この規模になってしまったけれど、同じ規模のものは滅多に起こらないと思うわ。ただ、時空の歪みってのは動くものの近くで起こることが多いから、どうしても魔獣とかを呼び込んでしまうの。過去世界の魔獣はこっちの時代の魔獣より強いものが多いから……」

「結果的に集団暴走《スタンピード》になってしまう……か」

要は突然《とつぜん》現れた強い魔獣に、ビビってみんな一斉《いっせい》に逃《に》げ出してしまうってわけだ。

生き物の生存本能だから仕方がないといえば仕方がないが……。

「その、時江おばあちゃんなら歪みが発生する場所ってあらかじめわかったりしないかな？」

「うーん……わからなくはないのだけれど……。今回みたいに予想外の場合もあるし、上級神である私が地上に手を貸しすぎるのもどうかと思うの。神々の中にはあまり新神を贔屓《ひいき》をするなって意見もあって……」

むむう。それを言われてしまうと……。

本来ならばこれってこの世界の管理者となった僕が片付けるべき問題だからなあ……。

ただでさえ諸刃姉さんや工芸神《クラフト》さんに力を借りているし……。

二人の場合は新神の『指導』と言い訳ができるが、時江おばあちゃんのは完全に『手助け』だ。

タイムトンネルができてしまえば破壊神によって世界は終わる。今回はそれ故の特別措《そ》置《ち》と思うべきなんだろうな。ここは神々の保養地でもあるわけだし。

「タイムトンネルができそうな場合だけ助けてもらえる……と考えた方がいい？」

「そうね。それくらいに考えておいてもらえれば。それよりあっちはいいの？」

時江おばあちゃんが僕の背後を指し示す。僕が振り返ると同時に大きな砂柱が立った。

巨大《きょだい》なライオンの体に鷲《わし》の翼《つばさ》、そして髑髏《どくろ》の頭。馬鹿でかい魔獣が宙に浮いていた。

大きさはノルンのレオノワールくらいある。巨獣《きょじゅう》か？　いや、なりかけだろう。大きさが中途半端《ちゅうとはんぱ》だ。

「これは時を渡ってきたものじゃないわね。元からこの砂漠にいたものよ」

「ええ。確かこいつは……スカルスフィンクス、だったかな？　倒した奴らの血に引き寄せられて来たか」

スカルスフィンクスは骸骨《がいこつ》のような顔をしているくせに血を好んで啜《すす》る魔獣である。砂漠という水のない場所のせいなのか、それとも単なる嗜好《しこう》なのかはわからないが、今回流れたおびただしいほどの血の量に引き寄せられたのは間違いない。

『ガロロロン……』

窪《くぼ》んだ目の中には澱《よど》んだ闇《やみ》だけが見える。目玉はないのにその視線が自分を捉《とら》えたことだけはわかった。

骸骨の口が開き、その中から細く長い針のような舌が伸びてくる。あの長い舌で獲物《えもの》の体から血を吸い出すんだろう。

地上の獲物を見つけた隼《はやぶさ》のように、スカルスフィンクスが上空から襲いかかってくる。

『ガロロロロォォォォン！』

『やかましいわ、痴《し》れ者が』

襲いかかってくるスカルスフィンクスへ向けて、琥珀がその爪《つめ》を振り下ろす。空気どころか空間まで引き裂いた裂爪《れっそう》が、向かって来た相手をズタズタに切り裂いた。

『ガロェアイエウェエ!?』

「よっ、と」

血まみれになってこっちに落ちてくるスカルスフィンクスを晶刀で真っ二つにする。あ、こいつの毛皮ってそこそこ金になるんだった。失敗したな。

タイムトンネルが消えたことで、魔獣の供給は止まった。あと数時間もすれば殲滅《せんめつ》することができるだろう。

帰ったら八重たちに怒られるだろうな。ハァ……。今から憂鬱《ゆううつ》だ。

◇　◇　◇

『起動実験一二五回目──失敗』

薄紫色《うすむらさきいろ》の液体で満たされた円筒形《えんとうけい》のガラスケースの中、金平糖《こんぺいとう》のようなトゲトゲとした核《かく》から放たれていた鈍い光が消えていく。

その前に座《すわ》り、モニターに浮かぶグラフを見ながら、小さな黄金の指がせわしなくコンソールの上を走った。

『調整完了《かんりょう》。続イテ起動実験一二六回目ニ入ル』

ゴポッ、と薄紫色の液体に泡《あわ》が浮かび、やがて脈動するかのようにトゲトゲした核はゆっくりと明滅《めいめつ》を繰《く》り返し始めた。

それを静かに見守る黄金の小さなゴレム。その両目《カメラアイ》には昏《くら》い妄執《もうしゅう》の炎《ほのお》が燠火《おきび》のようにちりちりと燃えていた。

第三章　暗黒街に巣食うモノ

「まったくもう、まったくもう！　ボクたちを仲間外れにして、自分たちだけ遊びに行くなんて！　ズルいよね、久遠《くおん》、リイル！」

「いえ、特にズルいとは……」

「わ、私も戦うのは好きじゃないから……」

ぷんすかと怒っているアリスに比べ、久遠とリイルはことさら平然とした言葉を返す。

昨日の集団暴走《スタンピード》のことをアリスは怒っているのだ。自分たちの知らない間にそんな面白いことが起こっていたなんて。なんで誘ってくれなかったのかとおかんむりなのである。

とはいえ、二人はダンスの練習中であったし、久遠がそれを知れば間違いなく止めていたか、親に報告を入れていた。

故に誘った段階でその企《たくら》みは潰《つい》えるのだが、アリスにはそこまでの予想ができないらしい。

「ボクも魔獣相手に戦いたかったーっ！」

絶叫《ぜっきょう》するアリスに、あ、これはマズいな、と直感的に久遠は思った。淑女《しゅくじょ》教育のストレスが思ったより溜《た》まっているみたいである。

アリスは飲《の》み込《こ》みが速い。教えれば教えるほど、あっという間にそれを自分のものにしていく。ユミナたちも教えがいがあり、次々と教《おし》え込んで行った結果、かなりのハイペース学習になりつつあった。

アリスはやればできる子ではあるが、本来は勉強嫌《ぎら》いな子である。時折、ストレスを発散させてやらないといけない。

この場合のアリスのストレス解消は、運動か食事である。

要は思いっきり暴れさせるか、美味《おい》しいものをお腹《なか》いっぱい食べさせることだと、久遠は長年の付き合いで把握《はあく》していた。

今の状態だと暴れたいという方に天秤《てんびん》が傾いているのだろうが、かといって暴れさせるのはすぐには無理である。ならば食べさせる方向で、と久遠は動いた。

「アリス、姉様たちには罰《ばつ》として喫茶店《パレント》でおごってもらうことにしましょう。ちょうどケーキフェアをやっているらしいですよ？」

「ケーキ！　いいね！　そうしよう！」

「ケーキってなんですか？」

久遠にあっさりと釣《つ》られたアリスとは違って、ここに来て日の浅いリイルが疑問を口にする。

「ケーキはね、甘《あま》くてふわふわで美味しいお菓子《かし》なんだよ！　リイルもきっと大好きになるよ！」

「甘くてふわふわ……」

ケーキがいかに素晴《すば》らしいものかとリイルに説明するアリスには、もはや先程《さきほど》の怒《いか》りは感じられなかった。

『なんつーか、チョロすぎないっスか……？　あんなん嫁《よめ》にもらって大丈夫《だいじょうぶ》なんスか、坊《ぼ》っちゃん？』

「僕としては理想のお嫁さんですよ」

呆れたような声を漏《も》らしたシルヴァーの柄《つか》をポンポンと叩《たた》きながら、久遠は未《いま》だにケーキの素晴らしさを熱弁するアリスを微笑《ほほえ》みながら眺《なが》めていた。

◇　◇　◇

ブリュンヒルド公国内で騎士《ナイト》ゴレムである『ソードマン』と『ガーディアン』の試験運用が開始された。

どちらも五機のみの運用であるが、これが問題なければもう少し増やす予定だ。

どちらも基本的にパトロールがメインとなるが、必ず相棒《バディ》となる騎士と一緒に行動してもらうことになる。ゴレムだけでは対処しきれないトラブルってのもあるからね。

ソードマンとガーディアンに初めはびっくりしていた街の人たちも、騎士団《きしだん》所属のゴレムだとわかるとすぐに気にしないようになった。

なんというか……うちの国民さん、順応するのが早くない？

もともとノルンやニア、ルナなど、王冠《おうかん》持ちがゴレムを連れて街を歩いていたので、慣れているところはあったんだろうけど……。

いつもフレームギアとかも普通に見てるしな……。

「で、大丈夫そう？」

「はい。ソードマンもガーディアンも問題なく動いています。ソードマンは酒場で暴れていた酔《よ》っ払《ぱら》いをうまく取り押《お》さえましたし、ガーディアンも足場が崩《くず》れた工事現場から怪《け》我人《がにん》を救助しました」

騎士団長であるレインさんの報告を聞いて、僕もこれは大丈夫だな、と胸を撫《な》で下ろした。

もう数ヶ月様子を見たら、少し数を増やしてもいいかもしれない。子供たちの話だと、未来では騎士団とは別に、騎士《ナイト》ゴレム部隊という部隊があったらしいし。

部隊長は『白』の王冠であるアルブスだったようだが、アルブスは今、白鯨《ヴァールアルブス》で『方舟《アーク》』の監視《かんし》任務中だからな……。

邪神の使徒の問題が片付いたら編成を考えよう。

「それと陛下、実はこんな物が……」

そう言ってレインさんが差し出してきたもの。それは白い紙で包まれたいくつかの薬包であった。

僕がそれを受けとってひとつを慎重《しんちょう》に開くと、中には少量の黄金の粉が入っていた。

「……これはどこで？」

「ソードマンが取り押さえた酔っ払いの男が持っていました。ひょっとしてこれは……」

「間違いないね。黄金薬だ」

変異種の亡骸《なきがら》から作られる、人間を変異させてしまう恐《おそ》ろしい魔薬《まやく》だ。くそっ、とうとう公国《うち》にも出回り始めたか。

「持っていた男はこれをどこで手に入れたって？」

「ベルファスト王国の港町、バドリアーナで手に入れたと言ってました。酒場で知らない黒ローブの男に声をかけられ、売ってもらったと……」

ベルファストからか。その黒ローブが邪神の使徒か？

「うちに直接来ないとも限らない。警備を厳しくして下さい。怪《あや》しい奴がいたら警戒《けいかい》を」

「わかりました」

レインさんが部屋を出て行った後、バビロンへと跳《と》んで黄金薬を『錬金棟《れんきんとう》』のフローラに渡し、分析《ぶんせき》を頼んでおく。もしかすると前のと違《ちが》う新型かもしれないし、偽《にせ》の黄金薬かもしれないから、一応な。

そして黄金薬のことをベルファストの国王陛下にも伝えておこう。

執務室《しつむしつ》に戻《もど》り、スマホで検索《けんさく》すると黄金薬は西方大陸だけにとどまらず、僕らが住む東方大陸にまで伸びてきているようだった。

特にパナシェス王国、リーフリース皇国あたりが多いな。ここらへんは西方大陸と貿易を始めているからだろうけど……。

多いと言ってもまだパラパラとした数だ。だが放置はできない。一応各国には黄金薬の解毒薬《げどくやく》をある程度渡してはいるが……。

「それにしても、ここまで速く広がるものなのか……？」

「それについては」

「わぁ⁉」

いきなり現れた椿《つばき》さんに思わず僕は大声を上げてしまった。

いつからいた⁉　あっ、天井《てんじょう》の隅《すみ》が開いてる！　忍者《にんじゃ》だからって普通に廊下《ろうか》から来なさいよ！

「どうやら『黒蝶《パピヨン》』が一枚噛《か》んでいるようです」

「『黒蝶《パピヨン》』？」

黒蝶《パピヨン》……？　はて？　どこかで聞いたような……？

「公王陛下が潰《つぶ》した西方大陸の犯罪組織です。『黒猫《くろねこ》』の前身組織であった……」

「あ。ああー。いたな、そんなの」

昔、ゴレムを手に入れるために潜《もぐ》り込んだ『闇市場《ブラックマーケット》』。

その闇市場《ブラックマーケット》を牛耳《ぎゅうじ》っていたのが西方大陸の犯罪組織、『黒蝶《パピヨン》』だ。

確か闇市場《あそこ》で、初めて『紫《むらさき》』の王冠、ファナティック・ヴィオラと、そのマスターである変態娘《むすめ》、ルナ・トリエステと会ったんだ。危《あや》うく殺されるところだったな……。

その後黒蝶《パピヨン》は分裂《ぶんれつ》、黒蝶《パピヨン》から離《はな》れたその一部が『影百合《かげゆり》』シルエットさんが率いる『黒猫』という組織になった。

『黒猫』は娼館《しょうかん》と宿屋を経営しながら情報を集め、それを売る情報屋のようなことをしている。椿さんも懇意《こんい》にしているようだが、そっちからの情報かな？

「黒蝶《パピヨン》って僕が潰したんじゃなかったっけ？」

「正確には完全には潰してはいません。首領に陛下が『呪《のろ》い』を付与し、放置しただけで」

え？　そんな酷いことしたっけか……したな。

確かザビット？　だかいう黒蝶《パピヨン》の首領にシルエットさんら『黒猫』に近づくな、って『呪い』をかけたんだっけ。

それであいつらは町を出てったんだけど、あのあと他の町で孤児院《こじいん》を地上げしてたところに出くわしたっけな。

『呪い』の条件が『シルエットさんたちに関わらない』だったから、それ以外ならいくらでも悪いことができるからな……。僕が直接何かされたわけでもなかったからって、少し甘かったか？

「で、その黒蝶《パピヨン》のザビットだかが、黄金薬を東方大陸へと運んでいると？」

「はい。いえ、黒蝶《パピヨン》が運んでいるのは確かなのですが、すでにザビットは亡《な》くなり、別の者が首領となっております」

え？　あのおっさん死んだの？　僕の『呪い』のせいか？　でもシルエットさんからは特になにかされたって話は聞いてないけど……。

「いえ、陛下の『呪い』は関係なく、内部抗争《こうそう》で命を落としたようです。手下による下剋《げこく》上《じよう》ですね」

あらら。部下に裏切られたのか。まあ、部下に好かれるようなタイプには到底《とうてい》見えなかったしな。裏の世界じゃよくあることなのかもしれない。

「そしてその新しく首領になったやつが黄金薬をばら撒《ま》いている……と」

「はい」

黄金薬をばら撒いているのが黒蝶《パピヨン》だとして、どこからそれを手に入れている？　やはり邪神の使徒とどこかで繋がっているよな……。

「黒蝶《パピヨン》って今どこを拠点《きよてん》にしているのかな？」

「以前はストレイン王国でしたが、今現在はガルディオ帝国《ていこく》の西部にある都に」

ガルディオ帝国の西部……邪神と戦ったアイゼンガルドに近い場所だな。

アイゼンガルドは荒《あ》れに荒れ、無法地帯に近い場所になっている。裏稼業の輩が集まるにはもってこいの場所ってわけか。

「ガルディオ帝国にも黄金薬が広まりつつあるな……」

マップに映る光点を見ると、やはり人の多いところに蔓延《まんえん》しつつある。これも黒蝶《パピヨン》の仕《し》業《わざ》なのだろう。

ガルディオ帝国にも黄金薬の解毒薬《げどくやく》は渡しているが、数に限りがあるし、解毒薬が必要になるのは変異症《しょう》が発症《はっしょう》してからだ。それだって手遅《ておく》れになる可能性も高い。

『黄金薬は危険な魔薬』という情報も流しているのだが、それでも一定数の使用者は出る。

『錬金棟』のフローラの話によると、この薬はストレス、いわゆる心の圧迫《あっぱく》というものを解放し、心身的な痛みを消してしまうらしい。

それだけなら悪い薬とも言えないが、当然ながら強い依存性《いそんせい》という副作用がある。

薬が切れると途端《とたん》にストレスが増加し、そこから解放されたいがためにさらに薬を服用。延々と陥《おちい》る悪循環《あくじゅんかん》。

フローラが言うにはこの繰り返しによって、その人間の『負の感情』が内部に圧縮されていくのではないかという。

そしてそれが一定の基準を超《こ》え、心身が耐《た》えられなくなると、空気を入れすぎた風船が破裂《はれつ》するようにその人間が変異を始める。

完全にこの状態になってしまうと解毒薬ではもう治せない。人間ではない邪神の眷属《けんぞく》になってしまうのだ。

精神的な痛みや苦痛から逃げたいと思うのは人間として当然のことだ。皆《みな》が皆、強い精神力を持っているわけではない。そこにつけ込んだいやらしい商法だ。

奴らは黄金薬を高値で売っているわけではない。一般《いっぱん》市民でもなんとか手が届きそうな微妙《びみょう》な金額で売っている。そこもまたいやらしい。

金を奪《うば》い取り、心を蝕《むしば》み、身体を壊《こわ》す。文字通り骨の髄《ずい》までしゃぶられて、奴らの奴隷《どれい》となってしまう。到底許せるものではない。

「とりあえず各国の黄金薬の場所を王様たちに送ろう」

マップ検索して出てきた黄金薬の場所を各国の代表へメール添付《てんぷ》で送る。一斉摘発《いっせいてきはつ》されればある程度は被害者《ひがいしゃ》も減るはずだ。

「黒蝶《パピヨン》はどうしますか？」

「うーん、そこだよなぁ……。供給源を絶たないといたちごっこだし」

黄金薬をどこから手に入れているのか、誰《だれ》が邪神の使徒と取り引きをしているのか。

普通なら黒蝶《パピヨン》の新たな首領なんだろうけれども……。

「黒蝶《パピヨン》の本拠地《ほんきょち》に潜入《せんにゅう》しますか？」

「潜入……って、椿さんが？」

「いえ、私ではなく焔《ほむら》たちが」

あー、あのくのいち三人娘か。猿飛焔《さるとびほむら》、霧隠雫《きりがくれしずく》、風魔凪《ふうまなぎ》の椿さん配下の三人。

うーん、大丈夫かなぁ……。新人の時から知ってるから、どうしても幾許《いくばく》かの不安があるんだけども。

「あの三人も実力をつけてきてます。少なくとも戦闘《せんとう》能力では諸刃《もろは》様や武流《たける》様に日々訓練されてますので、生半可なそこらの騎士より遥《はる》かに強いかと。加えて焔には『遠見』の魔眼、雫には卓越《たくえつ》した変装術、凪には様々な暗器術があります」

なるほど。若者たちも成長しているんだな……。って、歳《とし》は僕とあまり変わらないけども。

椿さんがここまで太鼓判《たいこばん》を押すなら大丈夫か。

「わかった。じゃあその三人に行ってもらおう。ああ、サポートとしてバステトとアヌビスもつけるから」

「バステトとアヌビス……黒猫と黒犬のゴレムですね。なるほど、それなら怪しまれずに情報を集めることができますね」

バステトとアヌビスはエルカ技師のゴレムだけど、最近特にやることもなく町をぶらついてるだけだからな。いや、それも城下町の情報収集やパトロールに一役買っているんだけれども。

何かを調べるならあの二匹《ひき》の方が怪しまれないだろう。バステトは賢《かしこ》いし、アヌビスは……ちょっとお馬鹿なところはあるけど人懐《ひとなつ》っこいから普通の犬として動き回れる。

各国での一斉摘発と、仲買人《ブローカー》である黒蝶《パピヨン》を潰せば、黄金薬による被害者は減るだろう。これ以上邪神の『呪い』を広めるわけにはいかない。

僕はガルディオ皇帝《こうてい》陛下に協力を要請《ようせい》すべく、スマホの連絡先《れんらくさき》を開いた。

◇　◇　◇

西方大陸の南に位置するガルディオ帝国。

その帝国の西、かつて魔工国アイゼンガルドと呼ばれた国があった場所に程近《ほどちか》いところに湾岸《わんがん》都市ブレンがある。

かつてはアイゼンガルドからの運搬船《うんぱんせん》や馬車がひっきりなしに往来し、貿易の中継《ちゅうけい》地点として栄華《えいが》を誇《ほこ》っていた都だったが、アイゼンガルドが滅び、また陸地も分断されてしまったため、今ではその栄華に暗い影《かげ》をおとしていた。

それでも辺境の都市としてはなんとかやっている方である。

ではあるが、アイゼンガルドの滅亡《めつぼう》は大きく市民たちの暮らしを直撃《ちょくげき》した。まず人の往来が大きく減った。アイゼンガルドに行く者は、皆ブレンを訪《おとず》れていたが、今やアイゼンガルドに行こうという物好きはいない。

仕事が減り、物資が減ったことにより、犯罪が横行し、それを牛耳る者たちの勢力が増した。

領主でさえそいつらの賄賂《わいろ》により、見て見ぬふりを決《き》め込んでいるという。この領主は堅実《けんじつ》であった前領主が突如《とつじょ》病死したため、その跡《あと》を継《つ》いだ弟であったが……果たして前領主は本当に病死だったのか……。

『裏稼業《かぎょう》の者たちが自分たちに都合のいい領主にすげ替《か》えるため、暗殺したのではないか、というもっぱらの噂《うわさ》ね』

時刻は宵《よい》の口《くち》。ブレンの都の一角、通りを見渡《みわた》せる角にある宿屋の一室で、取り急ぎ集めてきた情報をバステトが皆に語っていた。

「分裂した黒蝶《パピヨン》には暗殺部隊もあったらしいわ。あながちただの噂とも思えないわね」

バステトの報告を聞いて、くのいち三人娘の一人、霧隠雫が長い髪《かみ》を揺《ゆ》らしながら考《かんが》え込むように顎《あご》に手をやった。

『やっぱり前領主の死は黒蝶《パピヨン》の仕業かしら』

「十中八九そうでしょうね。でなければ辺境の一都市とはいえ、ここまで好き勝手できないでしょう」

頷《うなず》く雫の耳に、会話に加わらず、わいわいと騒《さわ》いでいる別グループの声が嫌でも届いてきた。

「あっ、凪《なぎ》！　その鳥肉あたしが食べようと思って取っておいたのに！」

「早い者勝ちだよぅ～」

『ちょ、姐《あね》さんたち、俺《おれ》っちにも下さいっス！』

「ええ？　あんたゴレムなのに食べるの？」

『俺っちは高性能っスからね！　それくらい問題ないんスよ！』

「じゃあこれあげる～」

『やりぃ！　……ってこれ骨じゃないスか！　動物虐待《ぎゃくたい》反対！』

「犬は骨が好きでしょ～？」

「ぷぷぷ、じゃああたしも骨あげる！」

「『あーもう、うるさい！』」

部屋の隅にあるテーブルでやかましく食事をしていたグループに雫とバステトの声がユ

ニゾンで飛ぶ。

根が真面目な雫とバステトに対して、どこかお気楽気分な二人と一匹であった。

『そうカリカリしなさんなって。今から気合い入れすぎっと、大事なところでミスしやすぜ？』

「ねぇ～」

「お、犬。いいこと言ったね。そうそう、雫ももうちょっと肩《かた》の力抜《ぬ》いてさ」

「あんたは抜きすぎなのよ！　もうちょっと緊張感《きんちょうかん》ってものをね！」

「ねぇってば～」

『アンタもよ、バカ犬！　一緒《いっしょ》になってはしゃいでんじゃないわよ！　帰ったらフェンリル兄様に叱《しか》ってもらうからね！』

『げっ!?　バステト姉、それは卑怯《ひきょう》だぞぅ！』

「ひょっとしてアレって黒蝶《パピヨン》の連中じゃない～？」

ピタリと言い争っていた声が止まる。ふと横を見ると、窓際《まどぎわ》に立った凪が窓の外をじっと眺めていた。

そそくさと他の者も窓に駆《か》け寄り、街灯の下、夜の通りを歩く黒ずくめの服を着た男たちを視界に捉えた。

「……間違いないね。黒蝶《パピヨン》の連中だよ」

焔が『遠見』の魔眼を使い、連中の襟元《えりもと》に黒い蝶の刺繍《ししゅう》がされているのを確認《かくにん》する。

「初日から標的に邂逅《かいこう》するなんてツイてるねぇ〜」

「ツイてるっていうか……まあ、余計な手間は省けたかしら。バステト、アヌビス、頼《たの》める？」

『任せて。行くわよ、バカ犬！』

『バカバカ言うない！　犬はお利口なんだぞぅ！』

窓を開けて、そのまま屋根伝いにバステトとアヌビスが黒蝶《パピヨン》の連中を追いかけていった。

「私たちはもうちょっと情報を集めましょう。黒蝶《パピヨン》の指揮系統がどういったものなのか調べないと」

「そだね。あたしは酒場とか回ってみるよ」

「じゃあ私は歓楽街《かんらくがい》〜」

それぞれひとつ頷くと、くのいちの三人娘はバステトたちと同じように、窓から通りへと飛び降り、夜の闇の中へと消えていった。

◇　◇　◇

「こいつか？」

「ええ。ほら、この腕《うで》のとこ……」

黒服で身を固めた男たちの一人が、路地裏で横たわる浮《ふ》浪《ろう》者の袖《そで》を捲《まく》り上げた。浮浪者は小さなうめき声を上げるだけでそれに抵抗《ていこう》もしない。

「なるほど。始まっているな」

浮浪者の腕には鈍色《にびいろ》の鱗《うろこ》のようなものがこびりついていた。

「連れて行け。さすがに人前で変異されちゃあ迷惑《めいわく》だ」

「メンドくさいっスね……。ここで始末してもいいんじゃないっスか、兄貴？」

「上の命令だ。殺すなってんだからしかたねえだろ」

部下の男たちが浮浪者の足を持ち、引きずっていくのを眺めながら兄貴と呼ばれた男は煙草《たばこ》に火をつける。

ふー……と吐《は》き出した紫煙《しえん》は冷たい夜風に散っていった。

「あんなやつ、生かしてなんの得があるんですかね？」

「さぁな。なにかの実験に使われるんじゃねぇのか？　最後まで有効利用しようってこったろ」

さほど関心がないように答えた男は、吸い終わった煙草を捨て、靴《くつ》で踏《ふ》みつける。

「行くぞ」

「へい」

男たちが路地裏から去っていく。夜の闇に紛《まぎ》れて、その一部始終を黒猫と黒犬が屋根の上から見ていたことにも気付かずに。

◇　◇　◇

湾岸都市ブレンの南区にある酒場、『銀鮫亭《ぎんざめてい》』では、今日も荒々《あらあら》しい男たちが安酒に酔いしれていた。

酒場の中には海で働く漁師たち、気難しい船大工、いかにもわけありそうな旅人、胡散《うさん》臭《くさ》い商人などが集まって酒を飲んでいる。

だが、陽気な酒かといえばそうでもなく、どちらかといえば愚痴《ぐち》や不満や怒りを吐き出す場としての酒の席だ。

「あぁ!? もっかい言ってみろ、この野郎《やろう》！」

「なんべんでも言ってやるよ、このボケが！」

そんな声とともにまた今日も殴《なぐ》り合いが始まる。周りの客も『またか』と少し顔を顰《しか》めただけで、止める気はさらさらない。店内で暴れられちゃ困る、と店員だけがオロオロとしていた。

殴り合いが激しさを増してくると、さすがに周りの客にも迷惑になってくる。

我慢《がまん》ならなくなってきたのか、一人の小柄《こがら》な少年が席を立ち、殴り合っている二人の前へと進み出た。

「うるさいよ、おじさんたち」

微笑みながら少年が二人に対して突《つ》き飛ばすように左右の掌底《しょうてい》を繰り出すと、喧嘩《けんか》をしていた屈強《くっきょう》な二人が勢いよく吹《ふ》っ飛び、店の出入り口から外へと転がり出ていった。

その瞬間《しゅんかん》を見ていなかった客は『何があった？』と不思議そうに、目撃《もくげき》した客は『嘘《うそ》だろ？』と目を見開いている。

少年は何事もなかったかのように席に戻り、正面にいた怪しい商人に声をかけた。

「ごめんね。どこまで聞いたっけ？」

「あ、ああ、黒蝶《パピヨン》の組織体系についてだな……」

商人は目の前の少年が只者《ただもの》ではないと改めて認識《にんしき》した。正確には少年ではなく少女であったが。

ブリュンヒルドの諜報員《ちょうほういん》、焔《ほむら》は、酒場にいた比較的《ひかくてき》口の軽そうな商人にターゲットを絞《しぼ》り、情報を集めようとしていた。

あまりにもうるさいため喧嘩の仲裁《ちゅうさい》に入って目立ってしまったが、結果、商人の口がさらに軽くなったようなので問題ないよね、と焔は考えていた。

「首領《ボス》の下には幹部が数十人いるが、それらを取りまとめているのが四人の上級幹部だ。こいつらがそれぞれ、実働部隊、闇取引《やみとりひき》、情報収集、密造・密売を担当しているらしい」

「実働部隊ってのは？」

「護衛や恐喝《きょうかつ》、金貸しの取り立て……腕っぷしが必要な仕事全般《ぜんぱん》だよ。まぁ、それだけじゃなく、金次第《しだい》で暗殺なんて依頼《いらい》も請《う》け負うって噂だ」

前領主は黒蝶《パピヨン》に暗殺された、なんて噂もある。たぶんそれは事実なんだろうと焔は思った。

忍《しの》び稼業にも暗殺という分野はある。幸いにも焔はそういった仕事を回されたことはないが、かつてイーシェンではそういった闇の仕事もあったと年配の忍び衆から話を聞いたことがある。

ただ、暗殺依頼を受けるのはかなりのリスクがあるとも聞いている。

暗殺任務そのものによる危険ではない。暗殺依頼をした者に狙《ねら》われるリスクである。

暗殺が成功すれば、そのことを知っているのは依頼者《いらいしゃ》と実行者だけになる。依頼者にしてみれば、弱みを握《にぎ》られた、とも取れるのだ。

ならばいっそのこと……と、暗殺を終えた忍びが依頼者に殺される、なんて話も多い。

黒蝶《パピヨン》ではどうなのかわからないが、表に出てマズい暗殺なら実行犯は消されている可能性もある。

自分なら絶対にそんな依頼は受けない、と焔は思ったが、そもそもあののほほんとした自分の主君が、暗殺なんてことをさせるはずもないか、と自分の杞憂《きゆう》に笑《え》みを浮《う》かべた。

「黄金薬ってのはその中のどこがばら撒いているの？」

「……お前さん、なんだってそんなことを聞く？　悪いことは言わん。余計なことに首を突っ込むのはやめときな。いくらお前さんが強いっていっても、ヤツらに狙われたら命がいくつあっても足りんぞ」

意外にもこの商人は親切な男らしい。焔は自分のことを心配してくれる、どっからどう見ても胡散臭い身なりの商人に、『見た目で損してるなぁ』と益体《やくたい》もないことを考えた。

そんな胡散臭い商人の前に、焔は銀貨をパチリと一枚置く。

「……よくはしらねぇが、闇取引を仕切ってるデロリアか、密造・密売を任されているビーリスだと思う」

そう言いながら商人は銀貨を引き寄せ、ぬるくなったエールを呷《あお》った。おそらくこの男も黒蝶《パピヨン》となにかしらの関わりがあるのだろう。

この町で黒蝶《パピヨン》に関わらずに商売ができる者はいない。この酒場だって、おそらくは黒蝶《パピヨン》に少なからずみかじめ料などを払《はら》っている筈《はず》だ。でなければとっくに潰されている。

「闇取引のデロリア、密売・密造のビーリスね……」

邪神《じゃしん》の使徒との取引、と考えると本命は闇取引だが、黄金薬を売っていると考えると密造・密売の方かな、と焔は思った。

「ありがと、おっちゃん。助かったよ」

焔はさらに銀貨を一枚パチリと置いて席を立つ。これは自分の食事代も含《ふく》んでいる。

それなりの収穫《しゅうかく》があった焔は上機嫌《じょうきげん》で酒場の外に出た。

外に出てしばらく歩くと、どこからか屈強な男たちが現れ、焔をぐるりと取り囲む。

黒蝶《パピヨン》ではない。取り囲んだ中には焔が酒場から吹っ飛ばした二人の顔があった。

「こいつだ！　クソガキがふざけた真似《まね》しやがって！」

「おい、お前ら！　こいつを押さえつけろ！」

どうやら仲間を連れて仕返しに来たらしい。周りの男たちは一斉《いっせい》に焔へと向けて襲《おそ》いかかった。

が、次の瞬間、ドドドドドドン！　と、鈍《にぶ》い音がリズミカルに響《ひび》いたと思ったら、襲いかかった男たちがその場に白目を剥《む》いてくずおれる。

「「な……!?」」

襲いかからなかったこの騒ぎの元凶《げんきょう》となった二人のみが、その光景を見て絶句する。いったいなにが起こったのか、男たちの目にはなにも映らなかった。

「うーん、あたしを倒《たお》したきゃ、この十倍は連れてこないとダメだねー」

焔はそう言いながら一瞬《いっしゅん》で二人の懐《ふところ》に飛び込み、酒場で食《く》らわせた掌底を『今度は手加減せずに』ぶっ放す。

男たちはその場から吹っ飛び、近くにあった馬小屋の塀《へい》や水桶《みずおけ》をなぎ倒して、馬糞《ばふん》の山へと突っ込んでいった。

大きな音に酒場からなんだなんだと野次馬《やじうま》が集まってきて、倒れている男たちと馬糞に埋《う》もれている二人を見つけたが、すでにその時には焔の姿は夜の闇《やみ》に消えていた。

◇　◇　◇

「あんた馬鹿じゃないの？」

「うわ！　辛辣《しんらつ》！」

焔の報告を聞いた雫の一声がそれだった。いきなり馬鹿呼ばわりされた焔は、大袈裟《おおげさ》に胸を押さえて仰《の》け反る。

「なに目立ってんのよ。『忍《しのび》』って文字を一万回書くといいわ、あんたは」

「いやあ、これは不可抗力《ふかこうりよく》ってやつでして……」

「酒場で騒いでるやつらなんて無視すりゃいいでしょうが。別に絡《から》まれたわけじゃないんだから」

「そうだけどぉ……」

目の前の商人の声が聞こえないほどうるさかったので、つい行動に出てしまった焔である。雫にそう言われると、確かに短絡的《たんらくてき》だったかと思い、反論する声も小さくなってしまった。

「まあ、ちゃんと情報を得てきたところは評価するけどね……」

宿屋の一室には焔、雫、凪の三人だけで、バステトとアヌビスはまだ戻っていない。

「凪の方はどうだったの？」

「私は繁華街《はんかがい》の方に行ったんだけどねぇ、何人か怪しい人とすれ違ったよ〜」

「怪しい人？　黒蝶《パピヨン》の構成員？」

「そっちじゃなくて、薬の方の〜。足取りもフラフラ、目もうつろで、『クスリ、クスリ、クスリ……』って、ブツブツ呟《つぶや》きながら町を徘徊《はいかい》してたよぉ」

凪が見かけた、おそらく黄金薬の使用者と思われる者は四人。彼女《かのじょ》は思ったよりも浸透《しんとう》していると感じた。

薬を買うための金を使い果たしたら、おそらく彼《かれ》らは犯罪に走るのだろう。あの薬はそういった理性による抑止力《よくしりょく》を鈍化《どんか》させる効果もある。

「解毒薬をあげようかとも思ったんだけどぉ……」

この任務のため、三人にはいくらかの解毒薬が与《あた》えられている。各国にも数十本しか渡《わた》していないものであり、それがどれだけ貴重なものかはわかっているつもりだった。

「やめて正解よ。命に関わる末期症状《しょうじょう》ならともかく、貴重な解毒薬をおいそれとは使えないわ。それに治したところで本《もと》を絶《た》たないと、また手を出す可能性もあるし」

「だよねぇ～……」

凪にそういった正論を吐く雫だったが、彼女も忸怩《じくじ》たるものを感じていた。救えるのに救えない。頭では今はそれでいいんだと思いながら、本当にこれでいいのか？という疑念が頭をもたげてくる。

雫は首を振《ふ》り、余計な考えを頭から追いやる。今は任務中だ。目の前の仕事をただ忠実にこなすことだけを考える。

コツコツ、と窓を叩《たた》く音に顔を上げると、夜の闇に同化するような、黒いバステトとアヌビスの姿が浮かんでいた。いつの間にか屋根伝いに帰ってきていたようだ。

凪が窓を開けてやると、二匹は音もなく室内に降り立つ。

『いやー、疲《つか》れたぜー。あいつらあっちこっち動き回りやがるからさ』

アヌビスが前脚《まえあし》を伸《の》ばすようにしてそんなことを口にする。ゴレムでも疲れたりするんだろうか？　と焔は首を傾《かし》げたが、あえてツッコむのはやめておいた。

『黒蝶《パピヨン》は黄金薬をばら撒くだけじゃなく、末期症状まで進んだ中毒者を回収していたわ』

「えっ？　それって治療《ちりよう》のため……じゃないわよね？」

雫の言葉に黒猫が小さく頷く。

『黄金薬により呪いが進行すると、身体の変異化が始まるわ。そうなるともう理性なんてなくなって、自分が何者かもわからなくなる。私たちが持たされた解毒薬ならまだ助けられるけど……』

「そんな人間を回収して黒蝶《パピヨン》はなにを……？」

『完全に変異化が終わった個体には、その体内に「呪石」という正八面体の結晶体《けっしょうたい》が作られるの。黒蝶《パピヨン》の連中はそれを取り出していたわ』

バステトの報告に三人娘の顔が強張《こわば》る。体内から取り出した……ということは、その者はもう生きてはいまい。

『この「呪石」というのはゴレムのGキューブの代わりになるの。より強く、より優秀《ゆうしゅう》なゴレムの核《かく》が労せずに手に入る……。さぞ黒蝶《パピヨン》の連中は美味《おい》しい思いをしているんでしょうね』

本当に死ぬまで、いや、死んだ後まで搾取《さくしゅ》され続ける。そんな非道なやり方に、この場にいる全員が顔に怒《いか》りを滲《にじ》ませていた。

「変異化って全員が全員、なるわけじゃないんだよねぇ？」

『魔法抵抗力《まほうていこうりょく》がある者や、まだ心に希望を待つ者なんかはなりにくいって博士が言ってたわ。心の中の負のエネルギーが強い者ほど呪いにかかりやすい……ってことなんでしょうね』

凪の質問にバステトがそう答える。

だが、このような環境下《かんきょう》で希望を持ち続けるのは難しいのではなかろうか、と凪は思った。黒蝶《パピヨン》が牛耳るこの町で、希望など無いに等しいのだ。

「とにかくまずは黄金薬の出どころを調べないとね。闇取引のデロリア、密売・密造のビーリス、幹部のこの二人を尾《つ》けていれば、何かわかるかもしれないわ。尾行《びこう》するならバステトとアヌビスが最適なんだけれど、今回は分かれてもらうことになるわね」

そう言った雫の言葉に、焔が眉根《まゆね》を寄せて傍《かたわ》らの黒犬に視線を向ける。

「え、バステト抜きで大丈夫《だいじょうぶ》なの、このバカ犬……？」

『おっとぉ⁉　犬の演技をさせたら右に出る者はいない俺っちに、そいつぁずいぶんな言い草だなぁ！』

犬の演技もなにも、お前の行動、まんま犬じゃん、と三人娘たちは思ったが、言葉にはしなかった。

「さすがにアヌビスだけだと不安だから、私たちの誰かがついていかないといけないかもしれないわね……」

そう言った雫、そして焔、凪の視線が交錯《こうさく》する。間違《まちが》いなくこれは貧乏籤《びんぼうくじ》だ。面倒《めんどう》くさいことだ。

「「じゃーんけーん……！」」

『俺っちの扱《あつか》い酷《ひで》え』

白熱したじゃんけんを始めた三人娘に、アヌビスはボソリと呟いた。

◇　◇　◇

湾岸都市ブレンの北区には、この町にそぐわない高級店がずらりと並ぶ通りがある。

夜の闇に魔光石《まこうせき》のネオンが光り、今日も大金を持った客を誘蛾灯《ゆうがとう》のように引き寄せていた。南区の安酒場とは大違《おおちが》いである。

それもそのはず、この店のほとんどが『黒蝶《パピヨン》』の息がかかった店であった。『黒蝶《パピヨン》』の取引相手を接待するための店であり、表に出せない闇取引をする場でもある。

そのひとつ、『ナイトメア』という看板が掲《かか》げられた娼館で、怪《あや》しい取引をする男たちの姿が見える。

いくらこの町の領主をも抱《だ》き込《こ》み、かなり好き勝手をしている『黒蝶《パピヨン》』でも、帝都《ていと》の騎《き》士《し》団《だん》にこういった取引の証拠《しょうこ》を掴《つか》まれてしまったら、一巻の終わりである。

町のどこに潜入調査員がいるかわからない状況《じょうきょう》では、こういった取引をする場所は彼らにとって必須《ひっす》であった。

「こちらがお約束のものです。お納め下さい」

「確かに。では代金はこれで……」

ほの昏《ぐら》く青い正八面体の結晶体が入った箱と、かなりの金貨が入っていると見られるずっしりとした革袋《かわぶくろ》がテーブルの上で交換《こうかん》される。

取引が終わるとそそくさと相手は結晶体の入った箱を抱《かか》えて部屋を出ていった。

その後、すぐに別の扉《とびら》から葉巻を咥《くわ》えた恰幅《かっぷく》のいい口髭《くちひげ》を生やした男が現れる。

箱を渡した痩《や》せぎすな糸目の男がソファーから立ち上がり、首を垂れた。

髭《ひげ》の男は取引相手が座《すわ》っていた場所にどかっと座ると、吸い終わった葉巻を灰皿で揉《も》み消し、テーブルに置かれた革袋《かわぶくろ》を持ち上げて、そのずしっとした重さを確かめた。

「よくもまああんな石ころにこんな金を出す気になれるよな」

「ゴレム技師ならばいくら積んでも欲《ほ》しい物ですから……。研究者にとっても未知の素材でありますし」

「は。強欲《ごうよく》だな。まあ、そのおかげでこっちは潤《うるお》っているわけだけどな」

髭の男はジャラッ、と革袋をテーブルに投げ捨ててシガーケースから葉巻を取り出した。シガーカッターで吸い口を作ると横にいた店員が恭《うやうや》しく火を点《つ》ける。

「で、例の物《ブツ》はどうなってる？」

「ここに」

髭男《ひげおとこ》の目の前にいた糸目の男が小さなケースをテーブルに置く。蓋《ふた》を開けると中には試験管のようなガラスの入れ物が一ダースほど入っていた。

試験管の中には暗金色の液体が入っており、髭の男はそれを一つ取り出して天井《てんじょう》にある魔光石のシャンデリアに翳《かざ》した。

「黄金薬に特殊《とくしゅ》な魔獣《まじゅう》の因子を加え、濃縮《のうしゅく》したものでございます。人体実験をしたところ、これを身体に打ち込むことで強制的に変異させることはできたのですが、理性は完全に消し飛び、また核は生成されませんでした」

「失敗か」

「接種した人間はゴレムをも凌《しの》ぐ膂力《りょりょく》を手に入れ、痛みを感じていないようでした。一概《いちがい》に失敗とは言い切れません」

「だが、理性が吹っ飛んでは兵隊として使い物にならんだろう。せめて核ができるのであれば苗床《なえどこ》としての使い道はあっただろうが……」

髭の男が試験管をケースに戻《もど》す。糸目の男がそのケースに蓋をして話を続けた。

「いえいえ、たとえば王侯《おうこう》貴族のパーティーなどで、出席者にこっそりとこれを打ち込めば……」

「突然《とつぜん》化け物が現れてパーティーはめちゃくちゃになるな。……なるほど、うまくいけば邪魔《じゃま》な奴《やつ》が死んでくれるかも、ってか？」

「まあ、確実性は低いですが、要は使い方次第ということです」

ふむ、と髭の男――『黒蝶《パピヨン》』の上級幹部の一人、密造・密売を担当するビーリスは少し考え込んでいた。

確かに確実性は低いが、その場で鉄砲玉《てっぽうだま》を作れるというのは大きなメリットのような気もする。自分は怪しまれることなく、その場に被害《ひがい》を与えることができる。問題は打った相手が見境なく攻撃《こうげき》するので、自分が巻き込まれないかということだが。

「まだ改良の余地はあるんだろう？」

「はい。濃縮レベルを落とせばなんとか理性を保てるのではないかと考えています」

「なら続けろ」

「は」

糸目の男が恭しく頭を下げたところに、店員の一人が来客を告げる。

「来たか」

この店に来たビーリスの目的は、目の前にある新薬の報告を受けることではない。今やってきたその人物と取引をするためだ。

糸目の男が金の入った革袋と薬品ケースを回収し、テーブルの上が片付いたところで、店員に案内された人物が姿を見せた。

「邪魔するぞぃ」

初めてその人物をみた一部の店員はギョッとした表情を浮かべた。無理もない。あまりにも異様だったからだ。

黒いローブに身を包み、山羊《やぎ》の頭蓋骨《ずがいこつ》を被《かぶ》った、不気味な男。

声から老人と予想されるその男の手には、メタルブラックの王笏《セプター》が握られている。

邪神の使徒の一人、グラファイトは山羊の頭蓋骨の下で、にいっ、と笑みを浮かべた。

◇　◇　◇

「アレがビーリス？」

『らしい。手下の奴らがそう言ってるし』

向こうからはわからないほど遠くから、【遠見の魔眼】を使って、焔は馬車に乗り込む髭面《ひげづら》の男を確認した。夜ということもあって少し見辛《づら》いが、恰幅のいい、髭をたくわえた四十前後の男が見える。服の襟元には金の縁取《ふちど》りをした小さな黒い蝶の刺繍がされていた。

さすがの焔でもこの距離《きょり》では声までは聞こえない。だが、足元にいる黒犬《アヌビス》にはなんとか聞こえているようだ。

結局あれからジャンケンに負け、アヌビスの面倒は焔が見ることになった。そして一人と一匹は、『黒蝶《パピヨン》』で密造・密売を取り仕切る幹部、ビーリスを監視《かんし》する任務についたのである。

ビーリスはゴレム馬車に乗り、ブレンの町をあちらこちらに移動していた。その度《たび》に焔たちは町の人に気付かれないよう、屋根の上を警戒《けいかい》しながら移動していく。

ブリュンヒルド諜報部《ちょうほうぶ》の貸与《たいよ》品である『インビジブルマント』は、ユミナの乗るフレームギア・ブリュンヒルデの鏡面装甲《そうこう》にも使われている、認識阻《にんしきそ》害《がい》と周囲に溶《と》け込む光学迷《めい》彩《さい》のような機能を持ったアイテムであった。

これがあればそう簡単にバレることはないが、念のため距離を置いて焔は相手を監視していた。

認識阻害があっても勘《かん》の鋭《するど》い者に怪しまれる恐《おそ》れは十分にあるのだ。警戒することにしたことはない。

『今度は娼館《しょうかん》か……。なんでこんなにあっちこっち移動すんですかね？　面倒くせぇ……』

「よくわからないけど、密造・密売の責任者なんだから、秘密にしておきたいことがいろいろとあるんじゃないの？」

屋根の上でぶつくさと愚痴るアヌビスに、ターゲットから目を逸《そ》らさずに焔《ほむら》がそう答えた。

適当に答えた焔だったが、実はこの推測は的を射ている。

ビーリスは厳《いか》つい顔に似合わない慎重派《しんちょうは》で、毎回取り引きの場所を変えることにしていた。前日に突然変えることもある。

密売という商売は当たり前だが、人目に触《ふ》れてはならない。売り手も選ぶし、少しでも怪しいと判断したならすぐに手を引く。

彼らが一番恐れているのは現場を押《お》さえられることである。

ガルディオ帝国《ていこく》は新皇帝が即位《そくい》してから、先帝《せんてい》の志を継ぎ、隣国《りんごく》との友好に力を注いでいる。隣国との関係が良くなっていくにつれ、国家間の流通が増加されたが、それにつれて検問も当然ながら厳しくなっていた。

そうなるとなかなか手に入らない物を手に入れるために、密輸・密売をする輩《やから》が増えるのは当然のことで、それを取り締《し》まる者が増えるのもまた当然と言える。

どこに国家の犬が潜《ひそ》んでいるかわからない。ビーリスが慎重《しんちょう》になるのも頷ける話であった。まあ、彼の場合はその性格から通常運転であったが。

◇　◇　◇

「ほれ、今月分を持ってきてやったぞ」

椅子《いす》に腰掛《こしか》けた山羊の頭蓋骨を被った黒ローブの人物は、テーブルの上に子犬の頭ほどの革袋をどさっと置いた。

『黒蝶《パピヨン》』の幹部であるビーリスは、それを引き寄せると革袋の口を開き、中身を確かめる。

革袋の中には鈍い暗金色に光る粉がどっさりと入っていた。

このところ『黒蝶《パピヨン》』の大きな資金源となりつつある黄金薬である。

ビーリスはこれを分析《ぶんせき》し、同じ物を作ろうとしたが、元となる素材がなんなのか、それさえ見当もつかない有様で、結局は諦《あきら》めることにした。

持ち込んでくる相手からしてまともなモノではないが、売ることができて、利用することができるのであれば、ビーリスとしては問題はなかった。むろん、警戒は常にしているが、『今』はそれでいい。

ビーリスが革袋の口を閉めると、隣《とな》りに立つ部下がアタッシュケースのような物をテーブルに置き、蓋を開く。

その中にはソフトボール大の透《す》き通った塊《かたまり》がいくつも入っていた。表面には細い溝《みぞ》が幾《いく》つも走り、奇妙《きみよう》な幾何学《きかがく》模様を描《えが》いている。

「全て個別の古代機体《レガシィ》のものじゃな？」

「ああ、言われた通り同型機の物は一つもないぜ」

水晶《すいしょう》のような塊をひとつ手に取り、山羊の頭蓋骨を被った老人が矯《た》めつ眇《すが》めつ確認する。

アタッシュケースに入っていた物はゴレムの頭脳ともいえるQクリスタルであった。

しかも全て古代機体《レガシィ》のものであるという。本当ならば、その価値は計り知れないものだ。

ゴレムは動力源であるGキューブと頭脳であるQクリスタルで動いているが、基本的にこの二つさえ無事であるならば、完全に復活することができる。

しかし特に大事なのはGキューブよりもQクリスタルであると、多くのゴレム技師は言うだろう。

なにしろQクリスタルにはそれまでのゴレムの知識や経験、戦闘《せんとう》技術などが残されている。ぶっちゃけ、Qクリスタルが無事ならば、それまでの記憶はなくなり、機体性能も落ちるが、他のGキューブでも復活することができるのだ。

逆にGキューブだけが無事でもQクリスタルが破壊《はかい》されていたならば、パワーや性能は元に戻っても、それを操《あやつ》る機能が全て一からやり直しとなってしまうのだ。

そんな貴重なQクリスタルであるが、これが古代機体《レガシィ》の物となると、さらにその価値は跳《は》ね上がる。

なにしろ古代機体《レガシィ》は『古代ゴレム大戦』で使用されたゴレムの生き残りである。その経験や知識は得ようとしてもすぐに得られるものではない。

その貴重なQクリスタルを『黒蝶《パピヨン》』はどうやって手に入れたのか。

闇市場《ブラックマーケット》を仕切る『黒蝶《パピヨン》』ならば、金はかかるが手に入れることはそれほど難しくない。

だが、金を出さなくとも手に入れる方法はある。そう、持ち主から奪《うば》えばいいのだ。

契約者《マスター》を殺し、ゴレムを機能不全に追い込んで、Qクリスタルをいただく。

紛《まぎ》れもなく犯罪行為《こうい》であるが、『黒蝶《パピヨン》』の連中からすれば日常茶飯事《にちじょうさはんじ》に過ぎない。

「なんだったらリンクしたGキューブの方も用意できるが」

「いや、そっちは必要ないの。必要なのは古代機体《レガシィ》のQクリスタルだけじゃ」

その答えにビーリスは僅《わず》かに眉根を寄せる。古代機体《レガシィ》のGキューブとQクリスタルは、基本的にリンクしている。

リンクしているQクリスタルをそれ以外のGキューブの機体に搭載《とうさい》すると、性能がガタ落ちし、ゴレムスキルも使えなくなるのだ。

だからこのQクリスタルを使って新たなゴレムを作るのならば、リンクしたGキューブを使わないというのはおかしな話なのである。

Qクリスタルだけを使ってなにをしようというのか……ビーリスにはさっぱりわからなかった。

余計な藪《やぶ》をつついて蛇《へび》が出るのは避《さ》けたい。と、ビーリスがそれ以上追及するのはやめたとき、店の奥《おく》からなにか揉み合うような声が聞こえてきた。

ビーリスの横に立つ護衛が剣《けん》の柄《つか》に手をかけると同時に、力任せに扉がドバン！　と開いて、身《み》の丈《たけ》二メートル近くはある偉丈夫《いじょうふ》が飛び込んできた。

「おう、邪魔するぜ」

「ブラス……！」

突如《とつじょ》店に乗り込んできた男を見て、ビーリスが顔を顰める。

浅黒い肌《はだ》に禿頭《とくとう》のその男の顔には、右半分にびっしりと刺青《いれずみ》が、左側には鼻筋から頬《ほお》にかけて大きな傷跡《きずあと》があった。

ビーリスと同じ『黒蝶《パピヨン》』の幹部の一人、実行部隊を牛耳《ぎゅうじ》る男、ブラスである。

「今は取引中だ。用があるなら後にしろ」

ビーリスが舌打ちをしながらブラスを睨《にら》みつける。ブラスとビーリスはお世辞にも仲がいいとは言えない。後先考えず、力づくで皆殺《みなごろ》し主義のブラスをビーリスは見下していたし、細かく慎重でなにかと迂遠《うえん》なビーリスをブラスは腰抜《こしぬ》け野郎と罵《ののし》っていた。

ブラスはビーリスの言葉を無視して、彼と山羊の頭蓋骨を被った老人――グラファイトの斜向《はすむ》かいのソファーにどかっと腰《こし》を下ろした。

「どなたかな？」

「俺《おれ》はブラス。こいつと同じ『黒蝶《パピヨン》』の幹部だ。よろしくな」

獰猛《どうもう》な笑みを浮かべてブラスがグラファイトに自己紹介《しょうかい》をする。それを見ながらビーリスがまたも小さな舌打ちをした。

「やっと尻尾《しっぽ》を掴んだぜ。お前が『黄金薬』の提供者だな？」

ブラスはテーブルに置いてあった革袋を引ったくると、中身を確認《かくにん》し、さらに笑みを浮かべた。

「尻尾を掴んだとは随分《ずいぶん》な言い分じゃな。こっちは別に隠《かく》れていたわけではないが」

「そっちはそうかもしれんが、こいつが俺たちにも取引相手を隠してたんでな。突き止《と》めるのに苦労したぜ」

ブラスがニヤニヤとした笑みをビーリスに向ける。黄金薬はビーリスが専売にしていたもので、他の三幹部は関わってはいない。

もともとこの黄金薬は『金花病』に効くという触れ込みでアイゼンガルドに出回っていた。

その効果と特殊性《とくしゅせい》に目を付けたビーリスが売り捌《さば》いていた者を突き止め、交渉《こうしょう》してここまで手を広げたのである。

今や黄金薬は『黒蝶《パピヨン》』にとって、無視できない程《ほど》の資金源となっていた。

それに一枚噛《か》みたい他の三幹部から探《さぐ》りがあるのはわかっていたが、よりにもよってブラスが一番に突き止めるとは、とビーリスは苦虫を噛み潰《つぶ》したような表情を浮かべていた。

「単刀直入に言うぜ。黄金薬の製造法をこっちに寄越《よこ》せ」

「ブラス！　横取りするつもりか！」

ビーリスの部下たちが剣に手を掛《か》ける。同じようにブラスが連れてきた部下も剣に手を掛け、一触即発《いっしょくそくはつ》の空気が出来上がった。

ピリピリと張り詰《つ》めた緊張《きんちょう》が漂《ただよ》う部屋の中に、カン、とグラファイトが王笏《セプター》で床《ゆか》を叩いた音が響いた。

「当事者を置き去りに話を進めんでもらいたいの。それにアレはお前さんたちには作れんよ」

「ホントにそうか？　黄金蟲《おうごんちゅう》さえいればなんとかなるような気もするんだが」

ぴく、とグラファイトは動きを止めた。

黄金蟲、とはこちらの大陸に現れた変異種の別名である。虫型のものが多かったためそんな呼び名が定着していた。

黄金薬は変異種に含まれる邪神の呪《のろ》いを増幅《ぞうふく》し、圧縮して粉々に砕《くだ》いたものである。

変異種は邪神が死んだ時に全て消滅《しょうめつ》してしまったかといえばそうではない。ごく一部の休眠《きゅうみん》状態に入っていたものや、結界などで封印《ふういん》されたもの、そして邪神の使徒によって『複製されたもの』が存在する。

さらにごく稀《まれ》に、ローパーやスライムなど、獲物《えもの》を取り込み同化する魔物《まもの》によって別の個体へと変貌《へんぼう》した種もいる。

ブラスの言う通り、それらを使えば『黒蝶《パピヨン》』でも黄金薬を作れるというのはあながち間違いではなかった。

「ほう……よくそこまで突き止めたの。お前さんたちを少し侮っていたようじゃ」

「アイゼンガルドで妙《みょう》な連中が動いてるのを聞いてな。悪魔《あくま》のようなゴレムが黄金の怪物《かいぶつ》を運んでいたのを見たって噂《うわさ》がある。そいつが黄金薬の素《もと》なんだろ?」

ブラスがニヤニヤとした笑みを浮かべてグラファイトに問い質《ただ》す。

ブラスが得たこの情報は、彼やビーリスと同じく、情報収集を担当する幹部から聞き出したことだった。

邪神の使徒の本拠地《ほんきょち》は『方舟《アーク》』であるが、その他にも拠点《きょてん》としている場所はいくつかある。

アイゼンガルドは人の寄り付かない場所になっているのでいろんな作業をするに適しており、結果的に警戒が甘《あま》くなっていたようだとグラファイトは心の中で嘆息《たんそく》した。

もっともあそこはタンジェリンが仕切っているので、そういった用心は最初から期待できそうにもなかったが。

「ストレインやアレントの研究所なら黄金蟲の一つや二つ残しているだろ。あとはお前の持つ製法だけってこった」

「おい、ブラス……お前、まさか……」

ブラスの言動にビーリスが眉根を寄せる。『手に入れたい物は力尽《ちからず》くで』が信条の男だ。間違いなく、この男はグラファイトを捕《と》らえる気なのだろう。

ビーリスとしては横槍《よこやり》を入れられた気持ちもあったが、それ自体は反対ではなかった。どのみち、いつかはその製法を吐《は》かせることになると思っていたからだ。彼としては危険性がないかちゃんと判断できるまで、もう少し泳がせておくつもりだったのだが。

ブラスの周囲にいた護衛たちが腰の剣を抜《ぬ》く。もはやここに至ってはビーリスが止めようにも止まるはずもない。

彼は舌打ちをしつつも『黒蝶《パピヨン》』の利益になる方へと回った。

「ここまで稼《かせ》がせてもらった礼だ。大人しく話した方がいい。こいつは情報を吐かせるためなら、拷問《ごうもん》や自白剤《じはくざい》も嬉々《きき》として使うぞ」

ビーリスはどこか憐《あわ》れむような目でグラファイトに話しかけた。まあ、情報を吐かされた後は間違いなく消されるだろうが、という言葉は胸の中に留《とど》めておく。素直《すなお》に話せば苦しまずに死ぬことはできるだろう。

「ほっほっほ。ご忠告ありがとうよ。お前さんたちとはうまくやっていけると思ったんじゃがのう。残念じゃ。切り捨てねばならんとはな」

「あ？」

一瞬、ブラスは聞き間違いかと思った。切り捨てるのはこちら側だ。こいつの言い分だと、まるで自分たちが切り捨てられるような……。

おもむろにグラファイトは動物の牙《きば》が数珠繋《じゅずつな》ぎになったブレスレットを外し、テーブルの上へと放り投げた。カシャンと音を立てて落ちたブレスレットが、たったそれだけの衝撃《しょうげき》でバラバラに弾《はじ》け、部屋の中に散乱する。

「なにを……？」

訝《いぶか》しげに眉根を寄せるビーリスを無視して、グラファイトはトン、とメタルブラックの王笏《セプター》で床を突《つ》いた。

「【闇よ来たれ、我《わ》が求むは竜骨《りゅうこつ》の戦士、ドラゴントゥースウォーリアー】」

グラファイトが呪文《じゅもん》を唱えると、散らばったブレスレットの牙から瞬《また》く間《ま》に骸骨《がいこつ》の戦士が生まれ、次々と立ち上がっていく。

ただの骸骨ではない。その頭はリザードマンのような爬虫類《はちゅうるい》系の頭蓋骨で、手には暗金色の丸い盾《たて》と、反り返った片刃《かたは》の剣を持っていた。

「魔法《まほう》……!?　手前《テメ》ェ、魔法使《まほうつか》いか！」

「気付くのが遅《おそ》いの」

こちらの大陸では魔法使いなどほとんどいない。それでも魔法という存在は認識《にんしき》されているし、東方大陸から魔法技術は少しずつ広まってはいた。

向こうの大陸ならば、このような交渉の場には、簡易的な結界くらいは作っておくのが常識である。だがこの場にはそんな結界などなく、結果として召喚魔法《しょうかんまほう》が阻害《そがい》されることはなかった。

現れた竜牙兵《りゅうがへい》に『黒蝶《パピヨン》』の護衛たちが斬《き》りかかっていく。

彼らはブラスが率いる実働部隊の一員だ。そこらの生半可な騎士《きし》などよりも腕《うで》が立つ。さらに言うなら騎士などにはない卑怯《ひきょう》な手も平気で使う、実戦的な相手を殺すためだけの戦闘技術を持つ者たちだ。

人間相手とは勝手が違《ちが》うが、いつものように護衛たちの剣は確実に竜牙兵の肩《かた》を捉《とら》えた。

「なっ……!?」

しかし、護衛の男の剣は竜牙兵の鎖骨《さこつ》で止められ、それ以上斬ることはできなかった。

驚《おどろ》く護衛の男に、竜牙兵の剣が無慈悲《むじひ》に薙《な》ぎ払《はら》われる。

男は腰から上下に真っ二つになり、その場に臓物をぶちまけて派手に倒れた。

「さて、交渉が決裂《けつれつ》した以上はもう遠慮《えんりょ》することはないかの。ひと暴れさせてもらおうか」

再び、グラファイトがトン、と王笏《セプター》で床を突くと、惨殺《ざんさつ》死体の下から瘴気《しょうき》が滲み出し、真っ二つになった男の身体が、あっという間にじゅくじゅくと溶解《ようかい》して骨のみの姿となった。

「な……!?」

バラバラに分かれていた骨がカタカタと鳴り出したかと思うと、磁石がくっつくかのように引き寄せられ、元の形に戻り、ゆらりと立ち上がった。

新しく生まれたスケルトンは手にしたその剣で元同僚たちに襲《おそ》い掛かる。

護衛の一人がそのスケルトンに斬り倒される。グラファイトが王笏《セプター》をさらにトン、と突くと、先程《さきほど》と同じように肉が溶け、またも新たなスケルトンが生まれた。

ここに来てビーリスは自分たちがとんでもない勘違《かんちが》いをしていたことを理解した。

自分たちが利用していたのではない。利用されていたのだ。向こうはいつでもこちらを切り捨てることができたのだ。今までなにもされなかったのは、単に向こうの気まぐれでしかなかった。

こうなるとわかっていれば、ブラスが暴走した時にブラス自身を殺すべきだった。その上で謝罪すれば、もしかしたら助かったかもしれない、とビーリスは激しく後悔《こうかい》したが、もはや時は戻らない。

「ぐっふ……！」

目の前にいたブラスの喉《のど》に竜牙兵の剣が突き刺《さ》さる。暴力に絶対の自信を持っていた男の末路としてはなんとも惨《みじ》めな終わり方であった。

ブラスが倒《たお》れ、再びトン、という床を打つ音が聞こえる。

『黒蝶《パピヨン》』の幹部だった男は、骨だけの怪物として生まれ変わり、今度はその凶刃《きょうじん》をビーリスへと向けた……。

◇　◇　◇

『なーんか中が騒《さわ》がしいっすね。迷惑《めいわく》な客でも……っ、焔《ほむら》の姐《あね》さん、あれ！』

ビーリスがいるであろう娼館が見える屋根の上で、うたた寝《ね》をしていた焔がアヌビスの声にビクッとなって夢の世界から帰還《きかん》する。

「うあっ!?　えっ、えっ、なに？　なに？」

焔は寝惚《ねぼ》け眼《まなこ》をごしごしと擦《こす》り、娼館の方に視線を向ける。

なにか騒ぎが起きているようで、監視していた娼館から人が逃《に》げ出しているようだ。

なにがあったのかと、【遠見の魔眼】を発動させて視覚を強化する。

「あれは……!」

人々が逃げ惑《まど》う娼館の入口から、爬虫類のような頭蓋骨をしたスケルトンが出てくるのが見えた。

竜頭《りゅうとう》スケルトンは逃げる人たちを手にした反り身の剣で次々と斬り殺していく。

どこからともなく現れた黒い瘴気が、斬り殺された人物にまとわりついたかと思うと、たちまちのうちに肉が溶けて骨だけとなり、新たなスケルトン兵となって立ち上がった。

そしてその生まれたスケルトンが、恐怖《きょうふ》に怯《おび》えた人々をさらに襲う。悲劇の連鎖《れんさ》であった。

「スケルトン化してる……!? どういうこと!?」

『わからねぇが……こりゃあ、ちっとオイラたちの手に余るぜ……!』

騒ぎがどんどん大きくなるのを見ながらアヌビスがそうつぶやいていると、そのタイミングで焔のスマホに着信が入った。

慌《あわ》てて懐《ふところ》からスマホを取り出す焔。もしも公王陛下や上司の椿《つばき》からなら、この状況を報告しなければならない。

「あれ？」

着信通知を見た焔が微妙《びみょう》な表情を浮《う》かべる。主君でも上司でもなかったが、出ないわけにはいかない相手だった。

「もしもし……え？　いや、今は仕事で……えとですね……ガルディオ帝国の……」

アヌビスに背を向けて、小声で通話相手に簡単に今の状況の説明を始める。もうこの際なので、主君や上司にはそっちから連絡《れんらく》してもらおうと焔は思っていた。

「え？　手伝う？　面白《おもしろ》そうって……で、でもほら、陛下の許可がいるんじゃ……！　問題ない？　あ、そうですか……。はい、はい……オマチシテオリマス……」

プツ、とスマホの電源を切った焔が死んだような目でギギギ……とアヌビスの方へ振り向く。

『ど、どうしたんすか、焔の姐さん……？　電話は誰《だれ》から？』

「エルゼ様から……」

『は？』

体術を得意とする焔は、たまにエルゼとの組み手の相手をすることがある。そのため、焔のアドレスにはエルゼの番号も入っていた。さっきの電話も組手の相手をして欲しいとのお願いだったが……。

「今からこっちに来るって……」

『はあ？』

「バステトとアヌビスの位置はわかるから【テレポート】で来れるって……」

「お待たせ！」

「『わあ⁉』」

まさに一瞬《いっしゅん》にして、アヌビスと焔のいた屋根の上に件《くだん》の人物『たち』が現れた。

「おお、なかなか派手に暴れているでござるな」

「これは見逃《みのが》せませんね。早く救けなければ」

「骨が折れそう……」

「うまいことを言ったつもりかや、桜？」

エルゼの後ろには八重《やえ》、ヒルダ、桜、スゥの四人が立っていた。全員主君の妻、つまり王妃《おうひ》である。こんなところに来ていい人物たちではない。

「こないだの砂漠《さばく》の集団暴走《スタンピード》には参加できなかったから、今日は思いっきり暴れるわよ～！」

エルゼがガントレットを装備した両手をガンガンと打ち鳴らし、嬉々としてそう叫《さけ》んだ。

もはや手段と目的が替《か》わっているんじゃないかと焔は思ったが、口に出すのはやめた。

言っても無駄《むだ》なので。

なんにしろ力強い援軍《えんぐん》には違いない。とはいえ、この状況を知らせないと後で面倒なことになるな、と判断した焔は、上司である椿の番号に電話をかけることにした。賢明《けんめい》な判断である。

◇　◇　◇

湾岸《わんがん》都市ブレンは阿鼻叫喚《あびきょうかん》の喧騒《けんそう》に包まれていた。どこからともなく現れた骸骨の群れが人々を襲っていたからだ。

実は西方大陸にはアンデッドという魔物は少ない。西方大陸では基本的に火葬《かそう》が主であり、ゾンビ、グールといった魔物はあまり見かけない。

これは魔法の発展した東方大陸とは違い、『死者の復活』という概念《がいねん》が一般《いっぱん》市民にほとんどないからである。火は神聖なもので魔物を寄せ付けず、魂《たましい》が天に昇《のぼ》れるという言い伝えがあるからとも言われる。

王家や貴族など、上流階級では『蘇生《そせい》の秘薬』や『復活の秘法』などという伝説が一部に残っているため、土葬《どそう》されることも多いのであるが、一般的《いっぱんてき》には火葬され、骨を墓に埋《う》める。

故に、西方大陸でアンデッドといえば、肉体を焼かれた骨のみのスケルトンを思《おも》い浮かべる者が多い。

アンデッドは死者の魂が天に還《かえ》れず、肉体に定着してしまった魔物だ。本来還るべき天へと昇れず、この世を彷徨《さまよ》う魔物となる。

しかしそれは本来長い年月をかけて変化するものである。ブレンで起こっているように、殺されてすぐにスケルトンと化すことなどありえない。

誰がどう見ても異常な状況であり、人々がパニックになるのはどうしようもないことであった。

スケルトンが人を殺し、殺された人がスケルトンに生まれ変わる。

どんどんとスケルトンが増えていき、もはやブレンの警備隊でも抑《おさ》えるのは難しくなりつつあった。

「ひいっ⁉」

スケルトンの一体が転んだ女性に斬りかかろうとした時、どこからともなく飛び込《こ》んできた少女の右拳《こぶし》が、胸骨上にあったスケルトンの核《かく》に炸裂《さくれつ》した。

「粉・砕！」

核だけではなく、全身の骨という骨を砕かれて、スケルトンがバラバラになって吹《ふ》っ飛んでいく。

スケルトンを倒したエルゼはすぐさま身体を回転させ、もう一体のスケルトンに後ろ回し蹴《げ》りをくらわせた。

グリーヴの踵《かかと》が核を正確に射抜《いぬ》く。ピンポイントに攻撃をくらわせて、少ない力で多くの敵を屠《ほふ》っていく。群がるスケルトンに、エルゼは嬉々として技を繰《く》り出していった。

「ほらほら、遠慮しないでもっと来なさいよ！」

「はしゃいでいるでござるなあ」

「最近、生身で戦う機会がありませんでしたからね」

そう言いながら、八重とヒルダも襲いかかってくるスケルトンたちを片《かた》っ端《ぱし》から斬りつけている。

晶材《しょうざい》でできた刀と剣は、竜《りゅう》の牙から生まれた竜牙兵でさえ豆腐《とうふ》のように簡単に斬り刻んでいた。

核を狙《ねら》って斬るより、細切れに斬り裂《さ》いてから、地面に落ちた胸骨の核を踏《ふ》み砕く方が楽なのだ。

次から次へと襲い来るスケルトンたちを鼻歌まじりに倒していく三人を見て、くのいち三人娘《むすめ》は自分たちとの実力の差をあらためて思い知る。

「なんかあたしたちが訪《おとず》れる町ってよくスケルトンが現れるよね……」

「だね～」

「まだ二回目じゃない……。わたしたちのせいでいつも出てくるみたいに言わないで」

くのいち三人娘たちがスケルトンの核を斬りながらそんな雑談を交《か》わす。以前、任務で訪れたサンドラ地方のアスタルの都でも、水晶の骸骨たちが現れた。

なにか骸骨に縁《えん》でもあるんだろうか……と益体《やくたい》もないことを考えた焔であったが、そんな縁など欲《ほ》しくないな、とばかりに目の前のスケルトンを斬った。

そのタイミングで、突然、朗々とした声が町中に響《ひび》き渡《わた》る。染《し》み入るような歌声が天から降り注き、人々はそこに光を見た。

焔が振《ふ》り返ると、さっきまで自分たちがいた屋根の上で桜が一心不乱に歌っている。スマホに付与《ふよ》された無属性魔法【スピーカー】により、ご丁寧《ていねい》に伴奏《ばんそう》まで流れていた。

いや、屋根の後ろでピアノを弾いている望月《もちづき》奏助の姿もあった。いろいろとおかしい。

どうやってそんなグランドピアノを屋根の上に……？　という焔の心配をよそに、突然歌のテンポが上がり、やがてソウルフルな歌声が流れ出した。

その歌を浴びたスケルトンたちの動きが急にぎこちなくなり、反応が鈍《にぶ》くなる。

ここにブリュンヒルドの公王がいれば『まあ、アンデッドだからなあ』と納得《なっとく》の声を出しただろう。

桜の歌っている歌は元は有名な讃美歌《さんびか》の一つであるが、後年、ゴスペルソングとして編曲されたものだ。

型破りな偽《にせ》シスターが巻き起こす騒動《そうどう》を描いたハリウッド映画の続編で、クライマックスの挿入歌《そうにゅうか》として使われている。

闇《やみ》を祓《はら》え、光よ満ちよ。

その歌の通り、スケルトンたちの力は弱まり、焔たちの力は増していく。そんな支援《しえん》効果の歌唱魔法が辺り一帯に響き渡っていた。

「【光よ来たれ、再生の癒《いや》し、リジェネレーション】」

桜の歌声に被せるようにスゥの放った光魔法が辺りを包む。

妻を庇《かば》って腕をスケルトンに切り落とされた男がその光を浴びると、たちまち光が凝縮《ぎょうしゅく》して腕が再生される。

同じように子供を逃《のが》すために足を切断された男も、元通り五体満足な身体に戻《もど》っていた。

部位欠損の回復魔法は古代魔法に属する、極《きわ》めて高レベルの魔法だ。

スゥの年齢《ねんれい》でこのような魔法を使えるなどあり得ないのだが、彼女《かのじょ》には光魔法の才能があったようで、バビロンの『図書館』にある魔導書《まどうしょ》を読むなり、すぐに使えるようになってしまった。

これには魔法に一家言あるリーンも呆《あき》れて声が出なかったという。

西方大陸にはほとんどいない魔法使いの、それも部位欠損の回復魔法を目にして、人々は奇跡《きせき》が起きたと喜び涙《なみだ》した。

「こっちもこっちで規格外だよねぇ……」

うちの陛下の嫁《よめ》さんはみんなどこかおかしい、と焔は不敬罪になりそうな言葉を飲《の》み込む。

嫁になったからおかしくなったのか、おかしいから嫁になったのかはわからないが。

「それにしてもいったい何が起こったのかしら……？　集団暴走《スタンピード》ってわけじゃないだろうし……」

襲ってくるスケルトンを薙ぎ払いながら雫《しずく》が疑問を口にする。

基本的にアンデッドが集団暴走《スタンピード》に加わることはない。なぜなら感情による暴走や危機感に対する恐怖というものを持ち合わせていないからだ。

だが、アンデッドが群れになって襲ってくるということがまったくないわけではない。共通の深い恨《うら》みを持ち、集団として蘇《よみがえ》った死者などが死者軍団《アンデッドレギオン》として生者を襲うこともある。

焰の話によれば、スケルトンたちは黒蝶《パピヨン》の幹部が入っていった娼館から溢《あふ》れ出してきたという。ならばこの騒動の原因に黒蝶《やつら》が絡《から》んでいるのは間違《まちが》いないと思うのだが……。

雫のその疑問に回答するかのように、件《くだん》の娼館が派手に吹っ飛んだ。

「!?」

一瞬にして瓦礫《がれき》と化した娼館の中からゆらりと立ち上がったモノ。それは骨だけでできた、大きな翼《つばさ》と四《よ》つ脚《あし》を持つ竜であった。

「ボーンドラゴン……!」

まさに死の象徴《しょうちょう》とも言うべき骨の竜の出現に、雫の声が掠《かす》れる。

ドラゴン、竜は最強生物として名高いが、それがアンデッドとして蘇った場合、さらに面倒《めんどう》なことになる。

ドラゴンゾンビなどはその体についた腐肉《ふにく》により、そこまでの俊敏《しゅんびん》さはないが、ボーンドラゴンは骨のみであるため、思ったよりも身軽である。

さらに骨だけの状態であっても、空を飛ぶし、ブレスも吐くのだ。これは竜の飛行能力もブレスも、その肉体が生み出しているものではなく、魔力《まりょく》による魔法であるためだ。

さらにアンデッドであるため、疲《つか》れを知らず、眠《ねむ》ることもない。目的を果たすまで永遠にこの世に留まり続ける。

ボーンドラゴンはブレンの街並みを破壊《はかい》しながら、逃げ惑う人々を追いかけていく。

しかし誰もが逃げる中、立ち塞《ふさ》がる者が一人。

「殴《なぐ》れるアンデッドで良かったわ」

エルゼは全身に闘気を纏《まと》わせる。神気混じりのその闘気により、まるでエルゼがプラチナ色の光を纏っているかのように見えた。

眷属《けんぞく》特性【闘神纏衣《とうじんてんい》】。簡単に言えば、冬夜《とうや》の使う【神威開放《しんいかいほう》】の簡易版である。

身体能力を極限まで跳ね上げ、頑強《がんきょう》な闘気の鎧《よろい》を生み出すことのできる能力だが、武闘《ぶとう》士であるエルゼの場合、それは神の盾と神の矛《ほこ》を手に入れたことになる。

放たれた矢のようにエルゼが超《ちょう》スピードでボーンドラゴンへと向かっていく。

エルゼは自前の無属性魔法【ブースト】で倍加された脚力《きゃくりょく》で地面を蹴《け》り、空中へと躍《おど》り上がった。

そのエルゼに機敏《きびん》に反応したボーンドラゴンは、くわっと口を開き、空中へ向けて火炎《かえん》放射器のようなブレスを吐く。

ドラゴンブレスをまともに浴びれば骨も残らないという。

戦いを見ていたブレンの市民たちは絶望の声を上げたが、それを笑い飛ばすかのように炎《ほのお》の中から拳を振り上げたエルゼが現れて、渾身《こんしん》の右ストレートをボーンドラゴンの眉間《みけん》に炸裂させた。

「さっさと砕けなさいよ」

とてつもない衝撃音《しょうげきおん》とともに、ボーンドラゴンがサラサラと砂のように砕けていく。

そもそもアンデッドにとって、神の力である神気など劇薬でしかない。文字通り骨身に沁《し》みて、ボーンドラゴンはこの世から消え失《う》せた。

絶望の象徴であったボーンドラゴンがあっさりと倒される様を見て、くのいちの三人娘は『やっぱりうちの王妃たちはおかしい』という認識を新たにした。

「ふむ。なにやら手こずっていると思ったらブリュンヒルドの跳ねっ返りどもか」

いつの間にか娼館《しょうかん》の瓦礫の上に、黒ローブに山羊《やぎ》の頭蓋骨《ずがいこつ》を被《かぶ》った老人と思わしき人物が立っていた。

メタリックブラックの王笏《セプター》をつき、赤い光芒《こうぼう》が宿る目でこちらを見ている。

「このような荒《あ》れた港町で出会うとはなんとも奇縁《きえん》なことよの。いや、これは邪神《じゃしん》の導きか？　恨みを晴らせとワシに言っているのかの？」

「だとしたら碌《ろく》な導きじゃないわね。邪神の導きなんて破滅《はめつ》しか待ってないわよ」

エルゼが王笏《セプター》を持つ邪神の使徒・グラファイトにそう言い返した。それに対し、グラファイトは怒《いか》りを見せるでもなく、おかしそうに笑っていた。

「確かにの。しかしそれこそ真理とは言えぬか？　男にも女にも、老いた者にも若き者にも、富める者にも貧しき者にも、勤勉な者にも怠《なま》け者にも、滅《ほろ》びは全て平等じゃ。ならばそれを与《あた》えてやることこそ、格差に嘆《なげ》く人々の救いになるとは思わんかな？」

「屁理屈《へりくつ》にしか聞こえないわね」

「見解の相違《そうい》じゃなあ。『死』はいつもすぐ横に転がっとる素晴《すば》らしいものなんじゃが。お前さんたちも一度死んでみると見方が変わるぞ」

「お断りよ」

エルゼが地面を強く踏み込んで、グラファイト目掛《めが》けて勢いよく駆《か》け出す。

だがエルゼの拳がグラファイトに届く前に、目の前に飛び出した竜牙兵がエルゼの拳を受けて粉々に砕けて散った。

身を盾にしてエルゼの拳を防いだ竜牙兵の頭が、ぐわっと大きく口を開き、まるでワニのように噛みついてくる。

咄嗟《とっさ》のバックステップでギリギリでそれを躱《かわ》したエルゼだったが、今度は四方八方からスケルトンアーチャーの弓矢が飛んできた。

「むっ」

それに対してエルゼが左拳を天に突き上げると、彼女の周囲に竜巻《たつまき》が巻き起こり、降り注いできた矢が全て払い退けられる。

「さすがはブリュンヒルドの戦妃《せんひ》よの。一筋縄ではいかんか」

グラファイトは首にぶら下げていた宝玉が連なる首飾《くびかざ》りを引きちぎると、地面へと投げ捨てて王笏《セプター》を天に翳《かざ》す。

王笏《セプター》から漏《も》れ出した黒い瘴気が地面に散らばった宝玉を包み込むと、宝玉から青白い女の霊《れい》たちが苦しみながら這《は》い出てきた。

「ひっ……！」

先ほどまで余裕綽々《よゆうしやくしやく》としていたエルゼが、女の霊を見るや否《いな》や、カチンと凍《こお》ったように硬直《こうちよく》してしまう。

アンデッドの中でも死霊《レイス》系を苦手としているエルゼには霊体《れいたい》の魔物は精神的にキツい相手なのだ。

彼女のガントレットには光属性も付与してあるので、殴れない相手ではないのだが、長年の苦手意識はそう簡単に消えるものではない。

エルゼが無意識に一歩下がってしまった時、女の霊たちがとてつもない金切り声で泣き叫び始めた。

それは周囲の人間に激しい悲壮感《ひそうかん》と救いようのない絶望感を与え、自らの生命を絶たんとさえ思えるような声であった。

「『嘆きの妖精《バンシィ》』……！」

その恐《おそ》ろしい泣き声で、周囲の者を絶望の淵《ふち》に追いやるという邪妖精《じやようせい》。本来のバンシィは死を告げるだけの無害な妖精なのだが、稀に闇に落ちた邪妖精となる個体もいる。

エルゼはその声に対抗《たいこう》することができているが、周囲の人々はそうはいかない。

バンシィの声を聞いた人たちが、悲鳴を上げ、涙を流し、顔を歪《ゆが》めてもがき苦しんでいる。このままでは悲嘆《ひたん》の果てに自らの命を絶ってしまうだろう。

そうなれば今までの人たちと同じようにスケルトン化してしまうかもしれない。

そうはさせるかとエルゼがバンシィたちの声圧に逆らおうと一歩踏み出したとき、背後からそれを打ち消すような桜の声が響き渡ってきた。

先ほど桜が歌っていた曲の元となった讃美歌の、ドイツ語バージョンである。

バンシィの嘆きの歌に対する桜の喜びの歌が、人々の心に希望を灯《とも》していく。

『オオォォオォォォ……！』

バンシィたちが桜の歌に気圧《けお》される。

その隙《すき》をついて、エルゼの両脇《りょうわき》から飛び出した八重とヒルダが、バンシィたちを一刀のもとに斬り伏《ふ》せた。

霊体であるバンシィを斬ることは普通《ふつう》できない。だが、多くの付与を施《ほどこ》された二人の刀と剣の前には、なにも問題はなかった。

斬られたバンシィが自らの死を嘆きながら消滅していく。地面に転がっていた宝玉にピシリと亀裂《きれつ》が入った。

「幽霊《ゆうれい》退治は久しぶりでござるな」

「八重さん、幽霊じゃないですよ。一応妖精です」

妖精にも霊的《れいてき》な存在はいるので、幽霊と言っても間違いではないはずだ。

まあ、どっちでもいいか、と八重はその晶刀を振るい、幽霊だか妖精だかを斬り捨てていった。

「む？」

八重がバンシィを斬った刀を止め、首を捻《ひね》る。

「どうしました？　八重さん」

「いや……手前のバンシィだけではなく、奥《おく》のバンシィも斬れた気がしてでござるな……」

斬撃が衝撃波《しょうげきは》となって奥のバンシィも斬れたのかと思ったが、どうも違う気がする。

八重は身体の奥からジワリと滲《にじ》み出る不思議な力を感じて、あることに思い当たった。

ああ、なるほど。こういう感じなのか、と。

八重がかなり離《はな》れた距離《きょり》にいたバンシィへ向けて軽く刀を振るうと、そのバンシィが上下真っ二つに斬り裂かれた。バンシィだけではなく、その背後にあった建物の石壁《いしかべ》をも斬り裂いている。

「ふむ。これが拙者《せっしゃ》の眷属特性でござるか」

思ったところに斬撃を跳《と》ばせる。衝撃波のように飛ばすのではない。空間を超《こ》えて跳ばせるのだ。そして空間ごと物を斬り裂く。

【次元斬】とでも呼ぶべきその力が、八重により全てのバンシィへと放たれる。スパパッ、と重なった軽い音がした。

八重が刀を納刀すると同時に、その場にいたバンシィは全て消え失せていた。

その光景に、一瞬ポカンとしていたヒルダが、思い出したように起動する。

「八重さん！　眷属特性に目覚めたんですね!?　ズルいです！」

「いや、ズルいと言われてもでござるな……」

八重の今までにない能力を見て全てを悟《さと》ったヒルダが悔《くや》しそうに八重に詰め寄る。

これぼっかりは個人差があるからどうしようもないと説明を受けていても、やはり悔しいものは悔しいらしい。

空間自体を斬り裂くこの力の前には、おそらく理論上は斬れぬものはないと思われる。問題は範囲《はんい》指定が難しいところか。斬らないでもいいものまで斬ってしまいそうな危《あや》うさを感じる。精密なコントロールが必要だと八重は思った。

「それにけっこう疲れるでござるな……」

「あー、そうね。あたしも使えるようになった時はそんな感じだったわ。大丈夫《だいじょうぶ》、そのうち慣れてくるから」

先輩風《せんぱいかぜ》を吹かせながらエルゼが八重にそんなことをのたまう。ヒルダは自分も目覚めないかと無意味に剣《けん》を素振《すぶ》りしていた。

「インディゴが天敵と言うだけのことはあるの。お前さんたちはなんとしてでも潰《つぶ》しておかねばならんようじゃ」

「できるでござるかな」

八重がグラファイトへ向けて刀を一閃《いっせん》する。【次元斬】により、間違いなく斬れたはずなのだが、グラファイトは平然な顔をしてその場に佇《たたず》んでいた。

「む？」

訝しげに首を傾《かし》げた八重が、続けざまに二閃、三閃する。

「斬れぬ……？」

「いや、斬れておるよ。どうやっているのかわからんが、見事な斬れ味でな。あまりにも綺《き》麗《れい》に斬るものじゃから、再生が早うて斬れてないように見えるだけじゃ」

まさかの斬った相手からの解説に八重が眉根《まゆね》を寄せる。切れ味の鋭《するど》い刃物《はもの》で指などを少し切ると、組織がくっつきやすく治りが早いという。あれと同じようなことかと八重たちは理解した。

奴《やつ》らの仲間だった鉄仮面の男も腕を切り離しても生えてくるほどの再生能力を持っていた。たぶんこの山羊《やぎ》髑髏《どくろ》の老人も同類なのだろう。

「とはいえ、服は切れるからやめてもらいたいの」

グラファイトが腕と足を揺《ゆ》すると、ぱらりと黒ローブの切れ端《はし》が落ちた。胸元《むなもと》から下のローブもベロンと切れて、痩《や》せこけた肋骨《ろっこつ》が見える。腰紐《こしひも》で縛《しば》ってなければ下半身も見えたかもしれない。縦に斬らなくてよかったと八重はちょっと安心した。

ならば再生が追いつかないほど細切れにし、その後衝撃波で吹き飛ばしてバラバラにすれば……と八重が愛刀を腰《こし》だめに構える。

身体の奥底《おくそこ》から魔力とも違う不思議な力が溢れてきて、八重の身体をプラチナ色の光が覆《おお》っていく。

これなら相手を間違いなくバラバラにできる、と確信を持ち、鞘《さや》から刀身を抜き放とうとしたとき、横からその柄《つか》をポン、と押《お》さえる手があった。

「はい、そこまで。なのよ」

「花恋義姉上《かれんあねうえ》!?」

いつの間にか現れた恋愛神《れんあいしん》・花恋が、八重の攻撃《こうげき》を寸前で止めた。相変わらずのほほんと楽しげな笑《え》みを浮かべつつ、ちっちっち、と指を振りながら舌を打ち鳴らす。

「八重ちゃんたちは冬夜君の眷属だから、神気を使ってあいつを倒しちゃいけないのよ。それは神々の掟《ルール》に反するから、破壊《はかい》神が来て、ドーン！　ってなっちゃうのよ」

「ドーン……」

「ドーンですか……」

大雑把《おおざっぱ》な花恋の説明にエルゼとヒルダも微妙な表情を浮かべた。

そこらへんの説明は夫である冬夜からされてはいたが、どうにも軽い感じに思えたのである。

まあ、神々からすれば、世界の一つが無くなる程度、『ドーン！』で済んでしまうのかもしれないが……。

「とにかく神気を使った攻撃はダメなのよ。わかった？」

「むむ……。わかったでござる……」

「相談は終わったかね？」

グラファイトが地面についた王笏《セプター》に両手をもたれ、ひと休みといった感じで話しかける。

「待たせたようでござるな」

「なぁに。こっちも少しばかり時間稼《かせ》ぎをしたかったからの。おかげで間に合ったようじゃ」

グラファイトがにやりと笑みを浮かべると、どこからか、ドガン！　という破壊音が鳴り響いた。

音に敏感《びんかん》な桜がすぐさまその音の発生源の方向を聞き定める。

屋根の上から見えたのは、港の灯台が根元からポッキリと折れ、海の中へと倒れていくところだった。

そしてその倒れてきた灯台を、海の中から伸《の》びた巨大《きょだい》な黄金の腕が打ち砕《くだ》く。

一つ目の巨大なゴレム、キュクロプスが次々と港から町へ上陸を始めているところだった。足元には半魚人や四つ腕のゴレム、岩巨人《きょじん》などもいるようだ。

桜と同じ屋根に登ったエルゼは、さらにその後ろに見覚えのある影《かげ》が浮かんでいるのを見つけた。

山羊の頭に蝙蝠《こうもり》の翼、筋肉質な上半身と、梟《ふくろう》のような下半身。

かつてレグルス帝国《ていこく》でのクーデター事件で冬夜が戦った悪魔《あくま》、デモンズロードであった。

だが、あの時のデモンズロードとは大きくかけ離れているところがある。

全身が機械化されているのだ。いや、全部が全部、機械という意味ではない。機械と生物の融合体《ゆうごう》というような姿なのだ。そしてその背後には同じく機械と融合したような悪魔の群れが宙に浮かんでいた。

機械魔デモンズロードとその配下の悪魔たちが、ブレンの港を襲い始める。

「さて、仕切り直しといこうかの」

グラファイトがメタルブラックの王笏《セプター》をカツンと地面に打ち鳴らした。

「うわあぁぁぁぁぁ！」

地上を闊歩《かっぽ》するスケルトンに加えて、さらに空からは機械の悪魔が降りてくる。

港町ブレンの人々にとってはこの世の地獄《じごく》かと思わんばかりの光景が広がっていた。

現れた向こうの増援《ぞうえん》に、さすがにこの人数では不利だと焔《ほむら》は焦《あせ》りの色を浮かべる。

それを察したのか、近くにいたスゥが軽い口調で話しかけてきた。

「心配いらん。こっちも増援を頼《たの》んでおいたからの」

「え？」

その声に振り向いた焔が見たものは、町中に開かれた【ゲート】から、次々と飛び出してくる白銀の鎧を纏った騎士《きし》と、一回り大きい騎士タイプのゴレムの姿だった。

ブリュンヒルドの騎士ではない。あの鎧はこの国、ガルディオ帝国の騎士たちだ。

「ガルディオの騎士たちよ！　民を守れ！　非道な侵略者《しんりやくしや》を許すな！」

先頭に立ち檄《げき》を飛ばすのは、ランスレット・リグ・ガルディオ。ガルディオ帝国の若き皇帝《こうてい》である。

その横に、黒髪《くろかみ》に白いコートを着た自分たちの主《あるじ》の姿を見て、焔たちは安堵《あんど》の息を漏らした。

◇　◇　◇

うわ、本当にスケルトンに悪魔がうじゃうじゃいる。

スゥと椿さんから連絡を受けて、ガルディオ帝国の皇帝陛下に連絡し、騎士団《きしだん》を揃《そろ》えてから【ゲート】で来たから少し遅《おく》れた。さすがに勝手にうちの騎士団を送《おく》り込むわけにもいかないし。

皇帝陛下とは『黒蝶《パピヨン》』の情報が揃ったら一気に本拠地《ほんきょち》に踏み込むって計画を立ててたんだけどな。残念だが『黒蝶《パピヨン》』のことは後回しだ。

これだけ市民たちと敵が入り交じって混乱していると、広範囲魔法《こうはんいまほう》はマズいかな……。巻き込まれる恐れがあるし、さらに混乱を招きかねない。

そんなことを考えていると、剣を手にしたスケルトンがカタカタと顎《あご》の骨を鳴らしてこちらへ向かってきた。

襲《おそ》いかかってくるスケルトンの頭蓋骨をブリュンヒルドで撃《う》ち抜《ぬ》くが、すぐに再生が始まる。やっぱり核を撃ち抜かないとダメか。

「【アポーツ】」

スケルトンの核だけを手の中に引き寄せる。核を失ったスケルトンはバラバラとその場で砕け散った。

手にした核を地面へと落とし、靴《くつ》で踏み砕く。やっぱりこっちの方が楽だな。

ドシン！　と、今度は機械化した悪魔が目の前に落ちてきた。

長い手足がゴレムのような機械でできており、胴体《どうたい》と頭は悪魔のそれであった。

機械魔《サイボーグデビル》とでも言おうか。

「おっと⁉」

その機械魔《サイボーグデビル》が突《つ》き出した手が、手首のところから切り離されて撃ち出された。

ギリギリで僕《ぼく》がそれを避《さ》けると、付けられていたワイヤーのようなもので手首が巻き戻され、再びガシン！　と腕《うで》にドッキングする。ワイヤー付きロケットパンチかよ。

機械の手足ではダメージが無かろうと、胴体にブリュンヒルドの弾丸《だんがん》を三発ぶち込んでみる。

ダンダンダン！　と胸と腹のあたりに三発、見事に当たったが、たいして効いているようには見えない。

だけど青い血が流れているので、傷付けることはできたみたいだ。分厚い筋肉で防がれただけか。

「なら次のはどうかな？」

『ギ？』

撃たれた悪魔がこちらへ一歩踏み出した瞬間《しゅんかん》、その悪魔が突然爆発《とつぜんばくはつ》し、胴体が真っ二つに千切れ飛んだ。

おお、やっぱり内側からの爆発《ばくはつ》は効果が高いなあ。

弾丸に付与されていた【エクスプロージョン】の魔法《まほう》により千切れた悪魔は死んだようだ。

総じて悪魔というものは生命力が強い。ちゃんと死んだか確認《かくにん》しないと油断はできない。そもそも悪魔自体が邪神の下僕《げぼく》みたいなところがあるからな。どちらも人間の負の感情をエネルギーにするところとか、生贄《いけにえ》を好むところとか、そっくりだ。

諸刃《もろは》姉さんの話だと、悪魔は邪神の残滓《ざんし》とも言われているらしいが、そう考えると邪神の使徒も悪魔の一種と言えるのかもしれない。

「ま、こんな悪魔みたいなことをしているしな。同じようなもんか」

空から滑空《かっくう》してくる機械魔《サイボーグデビル》二体に弾丸をぶち込む。一拍《ぱく》置いて、ボガ、ボガン！　と爆発が起こり、悪魔の肉片《にくへん》と青い血の雨が降る。ううむ、真上には撃ちたくないな……。

【フライ】を使って上空へと舞《ま》い上がる。

桜のいた屋根の上に降りると、港の船着き場からキュクロプスが次々と上陸を開始したところだった。おっといろいろとヤバそうだ。

「ターゲットロック。キュクロプス」

『検索《けんさく》中……ターゲットロック完了《かんりょう》』

「足下《あしもと》に【ゲート】発動」

『【ゲート】、発動しまス』

船着き場に上陸を開始したキュクロプスたちが、次々と落とし穴に落ちるように姿を消していく。

まだ海中にいたやつらも全部、町から少し離れた陸地に転移させた。

あの辺りは開けていて人も住んでいないみたいだから、多少暴れても大丈夫だろ。

「スゥ、桜。頼めるかい？」

「任せておくのじゃ！」

「おっけぃ」

桜とスゥが一瞬《いっしゅん》にして町から姿を消した。桜の【テレポート】でキュクロプスを追ったのだ。

しばらくすると、町のはるか先に巨大な黄金のフレームギアと、それに付き添《そ》う薄紅色《うすべにいろ》のフレームギアが出現した。

『キャノンナックルスパイラル！』

キュクロプスが吹っ飛ばされる轟音《ごうおん》と、スピーカーを通したスゥの声がここまで響いてくる。

だが次の瞬間、パーン！　という破裂音《はれつおん》とともに、向こうから金色の粉が舞い上がったのを見て、僕は思わず固まってしまった。あれは……神魔毒か！

いや、神魔毒（弱）か。アレは僕ら神族にはほとんど効果はない。だが眷属化したみんなには死に至るまでとはいかないが、かなりの体調不良を呼び起こすものらしい。

桜の言葉を借りるなら、『満腹になるまで食べた後にジェットコースターに乗せられて、虫いっぱいのプールに叩《たた》き込まれた感じ』とのこと。

我慢《がまん》できないほどじゃないけど、とにかく気持ち悪いらしい。肉体的にも精神的にも。

それに加えてフレームギアの出力が幾分《いくぶん》か低下する。博士の話だとそこらへんは改良したから、前よりは下がることはないというが……。

「大丈夫よ。桜もスゥもちゃんとあのスーツを持ってきているから。もちろん私たちもね」

地上に降りるとエルゼが手にしたスマホを構え、なにやらアプリを起動させるとそれを天に翳した。

「『武装《イクイップ》』！」

スマホから光の球が空へ向かって撃ち出され、すぐにそれが急降下、エルゼの全身を包む。

目が開けられないほどの眩《まばゆ》い光が収まると、そこには例のパイロットスーツを着たエル

ゼが立っていた。なにその変身システム⁉

「いちいち着替《きが》えるのは面倒でしょう？　博士に頼んで作ってもらったのよ」

そう説明するエルゼの顔はフルフェイスのヘルメットに包まれ、黒いシールドが下ろされているため見えなかった。

前に見たパイロットスーツとちょっと違《ちが》うところは両腕《りょううで》にさっきまで付けていたガントレットがそのまま装備されていることと、灰色だったカラーリングが赤くなっていることか。

「防御力《ぼうぎょりょく》もこの前よりアップされているわ。下手な鎧よりも頑丈《がんじょう》よ」

肩《かた》や胸、腰回《こしまわ》りなどに晶材の装甲《そうこう》っぽいものがあるが、なんかパーソナルカラーの赤色と相まって、本当に戦隊ヒーローのレッドみたいだな……。

同じように眩《まぶ》しい光が二つ連続で光ったと思ったら、藤色《ふじいろ》とオレンジのスーツを着たヒーローが増えていた。八重とヒルダだな。

二人のスーツは腰のところにアタッチメントのようなものが取り付けられていて、刀や剣の鞘を接続できるような感じになっていた。

「やっぱりこのスーツ、ちょっとぴっちりすぎると思うでござる……」

「そうですね……。動きやすいのはいいと思うんですけど」

八重とヒルダの表情はシールドに隠《かく》れて見えないが、恥《は》ずかしさに身をよじっている。

確かに八重のように身体の凹凸《おうとつ》がハッキリしていると目立つよな……。

「旦那様《だんなさま》、あまりじろじろ見ないでほしいのでござるが……」

「あ、いや、ごめん……」

おっと、親しき仲にも礼儀《れいぎ》あり。無遠慮《ぶえんりょ》に見るのはやめておこう。

「そ、それより神魔毒の影響《えいきょう》はどう？　気持ち悪くない？」

ここまで漂《ただよ》ってきた黄金の粉を見ながら、エルゼたちに確認する。

「まったく影響ないわね。普通に動けるわ」

「うむ。これならば問題なく戦えるでござるな」

どうやら聖樹の葉を使ったフィルターは正常に作用しているようだ。全身を薄《うす》い結界で包んでいるようなものだからな。

「イチャイチャしているところ悪いけど、向こうも気にした方がいいと思うのよ？」

不意にかけられた花恋姉さんの声に思わず振り向くと、瓦礫の上にいた邪神の使徒が奇《き》妙《みょう》な変化を始めていた。

山羊の頭蓋骨を被った老人らしき人物の背中から、幾《いく》つもの骨が突き出してきた。

長く、いくつかの関節をもつその骨は、まるで蜘蛛《くも》の脚のようにも見える。

最近観《み》た映画であんなの見たぞ……。蜘蛛の特性を手に入れたスーパーヒーローが、仲間のヒーローからもらったパワードスーツを着た時の姿があんな感じだった。こっちの方が脚が多いけど……。

骨の先はまるで剣のように鋭くなっている。その背中の骨に支えられて、山羊頭の邪神の使徒は空中に浮《う》いていた。

「お初にお目にかかる、ブリュンヒルド公王。我《わ》が名はグラファイト。邪神の使徒に名を連ねる死霊術師《ネクロマンサー》にして錬金術師《アルケミスト》じゃ」

は。なるほど、死霊術師《ネクロマンサー》か。どうりで、骨やら悪魔やらを使役《しえき》したがるわけだ。

「できることなら万全《ばんぜん》の用意を済ませて相手をしたかったところじゃが……まあ仕方あるまい。今ある全力でもてなすことにしよう」

グラファイトと名乗った邪神の使徒が、手にしたメタルブラックの王笏《セプター》を振るう。するとその先から出たドス黒い瘴気《しょうき》が、まるでドライアイスの煙《けむり》のように地を這って辺りに広がっていった。

「みんな、一旦退避《いったんたいひ》！」

僕の声に、エルゼ、八重、ヒルダの三人、そしてスケルトンと戦っていたくのいち三人娘《むすめ》、そしてアヌビスとバステトもグラファイトから一目散に離れ、瘴気が届かないあたりまで退散する。

あれ？　いつの間にか花恋姉さんがいない。まったく出てくる時も消える時も突然《とつぜん》だな。

グラファイトから溢れ出た瘴気は周りにいたスケルトンたちを包み込《こ》み、まるで黒い霧《きり》に覆われたようにその姿を消してしまった。

しかしやがてその黒い霧が晴れると、そこには漆黒《しっこく》の鎧に包まれた骸骨騎士《がいこつきし》の集団が立っていた。

手には同じように漆黒の剣と盾《たて》を手にしている。禍々《まがまが》しい地獄の軍団の誕生だな。

『Ｇａａｕａａａａａａ！』

上空で雄叫《おたけ》びを上げているのは機械化したデモンズロードだ。

ちっ、あっちもこっちも忙《いそが》しいな！

「冬夜様！　ここは私《わたくし》たちが食い止めます！　冬夜様は悪魔たちの方を！」

「む、その方がいいか」

ヒルダの提案に僕は頷《うなず》きながら【フライ】で上空へと飛び上がる。悪魔たちが飛んでいる以上、僕が相手をするのが一番効率がいい。適材適所だ。

『Ｇａａａａａａ……！』

デモンズロードか。レグルスでのクーデター戦以来だな。あの時のデモンズロードよりも一回り大きい。そして手足が機械化されている。他の悪魔と同様、サイボーグ化されているようだ。デモンズロードだけ金色の手足だな。

デモンズロードの赤い両眼が怪《あや》しい輝《かがや》きを放つ。次の瞬間、その両眼から二つの赤いビームが僕へと向かって放たれた。

前にもそれを見たことのある僕は、ひらりとビームを躱し、反撃《はんげき》に移ろうとブリュンヒルドを構えた。

しかし、デモンズロードの後方にいた悪魔たちも、同じように目からビームを放ってきて、僕は赤いビームの雨に襲われてしまう。

「っとと⁉　【プリズン】！」

さすがにこの集中砲火《ほうか》を躱すのはしんどかったので、僕は周囲に【プリズン】の結界を展開し、ビームの嵐《あらし》をやり過ごす。熱い視線を独り占《ひとじ》めだ。モテる男はつらいね。

「今度はこっちの番だ」

僕は【ストレージ】から一本の剣を取り出して構える。

こいつは一見、晶材でできた幅広の剣《ブロードソード》にしか見えない。だけど……。

「よっ」

手元のボタンを押しながら剣を振《ふ》ると、一瞬にして刀身がバラけ、鞭《むち》のようにしなって悪魔の一体を絡《から》めとる。

今度はボタンを離すと、刀身に繋《つな》がっているワイヤーが元に引き戻《もど》され、剣の形に復元する。引き戻された刀身にズタズタにされた悪魔が、バラバラになりながら地上へと落ちていった。

これはフレイのために作った蛇腹剣《じゃばらけん》を僕専用に晶材で作ったものだ。使いこなせば多数の敵と戦うのに適している。

近寄ってくる悪魔たちを片っ端《かたぱし》から蛇腹剣で斬り刻んでいく。機械の手足だとて晶材でできた刃《やいば》の前には紙切れも同然だ。

切り刻まれた悪魔の成れの果てが眼下に落ちていく。

下から『頭の上でスプラッタはやめてー!』という焔の声が聞こえてきた。うむ、すまぬ……。

『Guga a a a a a a a a a!』

デモンズロードが機械の腕を振り上げて僕を殴りつけてくる。当然ながら【プリズン】に阻《はば》まれてその拳《こぶし》は届かない。

『Gr a g a g a g a a a a!』

何度も力任せに【プリズン】を連打してくるデモンズロード。無駄《むだ》無駄《むだ》。僕の【プリズン】を砕くなんて真似《まね》は……。

ピキ。

余裕《よゆう》をかましていた僕の耳に信じられない音が聞こえてきた。

今の軋《きし》むような音は……！　まさかこいつ、この黄金の手足は……！

『Guoraaaaaaa！』

ガキャッ！　と【プリズン】が破壊されたのと、僕が後方へ飛び退《の》いたのはほぼ同時だった。

【プリズン】が壊《こわ》された……！　くそっ、あの手足は変異種のものか！

邪神の眷属となった変異種には邪神の神気が含《ふく》まれている。腐《くさ》っても神の力だ。神気を含まない【プリズン】を破壊できてもおかしくはない。

だけど変異種の核《かく》を破壊するとその体はドロドロに溶《と》けてしまうはずなんだが、なにか特殊《とくしゅ》な加工法があるのか？

僕らがフレイズのかけらから晶材を作ったように、何らかの方法で変異種から同じようなもの……魔金属《まきんぞく》とでもいうものを作った？

変異種の力を宿しているといっても、神気を使った【プリズン】なら破られることはないのだろうけど……。

僕が神気を使うと神々の掟《ルール》に抵触《ていしょく》するかもしれないからな……。やっぱり向こうは使えてこっちは使えないってのはズルくないですかね！

厳密に言えば『神の力で地上に大きな影響を与えてはならない』だから、大丈夫なのかもしれないけど、世界神様たち以外の、僕の知らない神々がどう判断するかがわからない。

すでにこの身は『神』として認められてしまっているからな。そこに『神の力』を使ってしまったらもう言い逃《のが》れはできない。

世界の運命というチップを『まあ、大丈夫だろ』に賭《か》けるのはさすがに躊躇《ためら》われる。

「まあ、神気無しでも負ける気はないけど。紅玉、やっていいよ」

『御意《ぎょい》』

『Ｇｙａａｕｇａａａａａａａ!?』

突然デモンズロードが煉獄《れんごく》の炎《ほのお》に包まれる。燃《も》え盛《さか》る猛火《もうか》の中で苦しみながら、僕の正面にいた悪魔は地上へと落下していった。

代わりに目の前に現れたのは巨大な火の鳥。こっそりと紅玉を召喚《しょうかん》して、デモンズロードの背後から襲わせたのだ。

卑怯《ひきょう》？　はん、悪魔相手に卑怯とか言ってられっかい。

地上の広場に落ちたデモンズロードが業火《ごうか》の如く自分を焼く炎を消そうともがいている。

すでに焔《ほむら》たちは僕らの下から避難《ひなん》したようだ。よし、あそこなら問題ないだろ。

僕は【ストレージ】に保管しておいた、なんの変哲《へんてつ》もない巨岩《きょがん》を空中へと出現させる。

「【グラビティ】」

ポン、とデモンズロード目掛けて落ちる巨岩に触《さわ》り、【グラビティ】を発動、何千倍もの重さにしてやった。

『Ｇｙａｏｕｅａａａａ!?』

ドズン！　という腹にくる音と、グチャッ、という耳に気色悪い音があたりに響《ひび》く。

よし、悪魔退治終了《しゅうりょう》。いや、まだ細かい悪魔が残ってるか。

「瑠璃《るり》」

『は、ここに』

僕のすぐ横に今度はサファイア色に輝く巨大な青竜《せいりゅう》が出現する。

大きな翼《つばさ》をはためかせ、口から火炎《かえん》放射器のようなブレスを吐《は》いて、何匹《なんびき》かの機械魔《サイボーグデビル》が機械の手足ごと燃え尽《つ》きた。

「瑠璃、紅玉。ここの悪魔たちは任せるよ」

『御意』

『一匹《ぴき》残らず消し炭にしてくれましょう』

上空を二匹《ふたり》に任せて地上へと降りる。

地上ではくのいち三人娘とバステト、アヌビスを乗せて巨大化《きょだいか》した珊瑚《さんご》と黒曜が、スケルトン軍団に対し蹂躙《じゅうりん》を開始していた。

さっき瑠璃を呼び出した時、自分も自分もと、残りの神獣《しんじゅう》ズが念話で騒《さわ》いだため、全員呼び出したのだ。琥珀《こはく》はエルゼたちの方へ向かっている。

黒曜が放つ水流カッターでスケルトンが細切れにされ、珊瑚の巨大な足でバキバキと踏《ふ》み砕かれる。まるで怪獣《かいじゅう》映画だな。

「珊瑚、黒曜、その子らを頼むよ」

『承知』

『任せときなさぁい』

珊瑚と黒曜にここを任せてエルゼたちの下へと走る。通りを駆《か》け抜け、崩《くず》れ落ちた娼館《しょうかん》の前まで来ると、パイロットスーツを着たエルゼ、八重、ヒルダ、そして琥珀が、グラファイトが操《あやつ》る骸骨騎士と戦っていた。

漆黒の鎧《よろい》を着た骸骨騎士はそれほど強いわけではなさそうだ。ただ、弱点である核が鎧で完全に見えないため、手間取っているように見える。

グラファイトの方はというと、骸骨騎士と同じようなメタリックの輝きを放つ、タカアシガニのような姿に変貌《へんぼう》していた。

鋏《はさみ》はなく、代わりに大型の鎌《かま》のようなものがついていて、王笏《セプター》を持った上半身だけがタカアシガニの本体から飛び出している。

アラクネーのカニ版か？　アラクネーはうちの騎士団にも一人いるけど、あの種は魔族《まぞく》のひとつであり、獣人《じゅうじん》と同じ亜人種《あじん》である。こっちのはどう見ても怪獣だ。

おっといつまでも見てるわけにもいかない。それじゃ怪獣退治といくか。

「【光よ貫《つらぬ》け、聖なる光波、ホーリーレイ】」

僕の掌《てのひら》から生まれた極太《ごくぶと》のレーザーが、瓦礫《がれき》の上でふんぞり返っている黒いタカアシガニに迫《せま》る。

神気を使った攻撃じゃないからこれはＯＫだよね？

「喰《く》らえ、『ジェット』」

どう考えても回避《かいひ》不可能と思われた光の槍《やり》に対し、グラファイトが王笏《セプター》を軽く振るうと、そこから漏《も》れ出た黒いモヤがブラックホールのように光のレーザーを全て飲《の》み込んでしまった。

え、そんなんあり？

「【炎よ貫け、赤熱の巨槍《きょそう》、バーニングランス】！」

僕の放った巨大な炎の槍《やり》が、再びグラファイト目掛《めが》けて飛んでいく。

しかしまたも王笏《セプター》から漏れ出た黒いモヤの渦《うず》が、炎を取り込んで吸収してしまった。

「無駄《むだ》じゃ無駄じゃ。ワシには魔法は効かんぞ」

タカアシガニと化したグラファイトがカラカラと嗤《わら》う。

魔法が効かない……？　僕の無属性魔法【アブソーブ】と同じ、属性魔法を魔力《まりょく》に変換《へんかん》、吸収するってんなら……！

「マズい！」

「お返しじゃ」

渦巻《うずま》くモヤから無数の黒い矢が放たれる。

「【プリズン】！」

咄嗟《とっさ》にエルゼたちを含めたみんなを【プリズン】で囲い、防御《ぼうぎょ》する。黒い矢は【プリズン】を貫くことはなかったが、何本かが結界に突き刺《さ》さったまま止まっていた。【プリズン】の結界にヒビが入っている。

あっぶな……！　ギリギリだったな、今の。

【プリズン】の結界を傷つけるってことは、あの矢には邪神《じゃしん》の神気が含まれているってことだ。くそっ、本当に面倒《めんどう》くさいな。

あいつはあのモヤで魔力を吸収して自分の力としている。つまり、魔《ま》法攻撃《ほうこうげき》は効かないし、それどころかその魔力を吸収されて反撃を食《く》らってしまう。

おそらくメタリックブラックのカニの部分は、そのモヤの硬質化《こうしつか》したものだと思う。擬《ぎ》似《じ》フレイズってところか？

であれば物理攻撃で攻《せ》めるしかない。

「みんなそいつから離《はな》れろ！」

僕の声に素早《すばや》く反応し、エルゼ、八重、ヒルダ、琥珀がグラファイトから距離《きょり》を取る。

全員が離れたところで僕はグラファイトの頭上に特大の【ゲート】を開いた。

「潰れろ」

【ゲート】から建物の瓦礫の山が落ちてくる。そこらにある倒壊《とうかい》した建物をまとめて落としてやった。

何トンもある瓦礫の雨に押し潰されて、グラファイトと周りにいた骸骨騎士たちが埋まっていく。

やがて全ての瓦礫が落ちると、そこには大きな山ができ上がっていた。

「……やったでござるか？」

あかん、八重。それはダメな時のフラグだ。

僕がそう思った瞬間、『正解！』とでも言うように、瓦礫の山からタカアシガニのグラファイトが勢いよく飛び出してきた。

「カハハ！　なかなかに味な真似をなさる！　ではこちらも遠慮《えんりょ》なくいかせてもらうかの！」

グラファイトはタカアシガニの両腕（？）にあった鎌を勢いよく振り下ろす。

と、その先から衝撃波《しょうげきは》のようなものが飛び出して、地面を走り、僕らを襲ってきた。散開してそれを躱《かわ》した僕らだったが、躱した衝撃波の斬撃を受けた建物が真っ二つに斬《き》り裂《さ》かれる。

ちっ、かなりの威力《いりょく》だな。

「そらそらそらそら！」

矢継《やつ》ぎ早《ばや》に連続で衝撃波の斬撃が飛んできた。躱せないことはないが、なかなか近付くことができない。

踏み込もうとすると、斬撃が飛んできて出鼻を挫《くじ》かれる。

おそらくは接近戦をさせないためにやっているのだろうが……。

【シールド】をかけて強引《ごういん》に突っ込むか？　いや、向こうが邪神の神気を使っている以上、【シールド】が破壊される恐《おそ》れもある。危険な賭けに出るわけにはいかない。

遠距離《えんきより》の物理的攻撃ってなると……。

僕は腰からブリュンヒルドを抜き、グラファイト目掛けて引き金を引いた。

過《あやま》たず本体に着弾《ちゃくだん》したが、あっさりと弾《はじ》き返される。まあ、あの瓦礫に埋《う》まっても潰《つぶ》れなかった本体だ。この程度の攻撃が効くわけはないか。

ならこの程度で済まない物理攻撃を食らってもらうか。

繋げっぱなしにしておいたスマホに声をかける。

「スゥ、準備はいいか？」

『オッケーじゃ！』

「む？　なにをごちゃごちゃと……」

「【ゲート】！」

瓦礫とともにグラファイトが地面へ吸《す》い込まれるように落ちていく。

次いで、僕も【テレポート】で追いかけるようにそこから転移。

グラファイトを送り込んだのはキュクロプスとスゥたちが戦っている戦場である。

宙から落ちてきたグラファイトがおそらく目にしたのは、その巨大な拳を振りかぶる黄金の巨神《きょしん》。

『【キャノンナックルスパイラル】ッ！』

「な……⁉」

オルトリンデ・オーバーロードから放たれた、高速回転する黄金の右拳が呆然《ぼうぜん》とするグラファイトに迫り来る。

グラファイトはなんとか避けようとしたようだが、すでに遅《おそ》い。コンマ何秒かの逡巡《しゅんじゅん》が命取りになり、メタリックブラックのタカアシガニは真正面から黄金の拳を受けることとなった。

「ゴボェア⁉」

汚《きたな》い叫《さけ》び声を上げて、タカアシガニが木《こ》っ端《ぱ》微《み》塵《じん》に粉砕《ふんさい》される。僕らの最大級の物理攻撃だ。ひとたまりもあるまい。

とはいえ……。

「おのれ……！　小癪《こしゃく》な手を……！」

木っ端微塵になったタカアシガニの中からメタリックブラックの王笏《セプター》に寄りかかるようにしてグラファイトが立ち上がる。

やっぱり倒《たお》すまでにはいかないか。邪神の使徒はその身に宿る邪神の神気により再生能力が著《いちじる》しく高いらしい。

前に戦った肉切り包丁男も斬り落とした腕がすぐに再生したからな。

やはり神気無しでトドメを刺すには神器による攻撃《こうげき》しかないか……？

『どうします？　僕が出ますか？』

「もう少し待って……。いや……」

聞こえてきた久遠《くおん》の声に僕はぼそりと小さく返す。

実を言うと【インビジブル】で姿を消した久遠も僕と一緒《いっしょ》に現場に来ていた。今も隣《となり》にいる。

なぜ姿を消していたのかというと、邪神の使徒と戦った場合、また以前のように潜水《せんすい》ヘルメットが現れ、転移魔法で逃《に》げられる可能性があったからだ。

もしも潜水ヘルメットの邪神の使徒が現れたら、久遠に神器を使ってもらって不意打ちで転移魔法を封印《ふういん》、あわよくば討《う》ち取るつもりだった。

転移魔法の使い手さえ仕留《しと》めてしまえば、『方舟《アーク》』に乗り込んで行っても逃げられる心配はない。

ここまで痛めつければ潜水ヘルメットのヤツが現れると思ったのだが……。

まだ余裕があるのか？　あれだけやられても助けに入るほどではない？　あるいはこいつと潜水ヘルメットは反目している？　それとも……ここに来られない理由がある？

以前の肉切り包丁と槍使いの時も助けには来なかった。前は助けに来たのにだ。

それ以前にこいつらに仲間意識というものがあるのかどうかも怪しい。

……仕留められるチャンスを逃すのは惜《お》しい、か。

「作戦変更《へんこう》。久遠、頼めるかな」

『はい、大丈夫《だいじょうぶ》です』

『ヒュー。そうこなくっちゃ。面白《おもしろ》くなってきたっスね！』

久遠と共にシルヴァーの声も返ってくる。なんだろう、こいつの声を聞くと不安が増すな……。

【インビジブル】を解き、僕の横に久遠が姿を現す。

その手には白銀の刃を煌《きら》めかす『銀』の王冠《おうかん》、シルヴァーが、そしてプラチナ色の光を纏《まと》う、野球ボールほどの金属質の球体が、まるで衛星のように久遠の周りをゆっくりと回っていた。

久遠がシルヴァーを握《にぎ》っていない右手を前に出す。

「【神器武装】」

プラチナ色の球体が絹糸のように解け、久遠の手の中で編《あ》み込まれるように形を変えていく。

その形は片刃《かたは》の剣《けん》。しかし引き金とシリンダー、刀身には銃口《じゅうこう》が付いている。僕の持つブリュンヒルドと同じ、ガンブレードだ。当初の設定では普通《ふつう》の剣だったのだが、久遠にはシルヴァーがあるので、少し変化を持たせてみた。

僕のブリュンヒルドと違うのは、あれは神器であり、銃《じゆう》形態、剣形態と変形はしないことである。

初めから剣のような型をしており、それに銃機能が付いているという感じだ。

大きさは久遠に合わせているので、大人が使うショートソードほどの長さしかないが。

右手に剣銃《けんじゆう》神器、左手にシルヴァーと、久遠が両手に剣を持つ。

あれ？　そのまま二刀流で戦うつもりか？

八重とか八雲、諸刃姉さんとかなら戦えそうだけど、大丈夫かな……？

まあいい。僕もサポート役に回るし、なんとかなるだろう。

「スゥ、桜。周りのキュクロプスたちを近付けてくれるか？」

『任せるのじゃ！』

『おっけぃ』

オルトリンデ・オーバーロードとロスヴァイセがキュクロプスらと対峙《たいじ》する。

向こうを見ると、町の方からゲルヒルデ、シュヴェルトライテ、ジークルーネの三機がこちらへ向けてやってきていた。エルゼたちも加われば大丈夫だろう。

「なんじゃ、その小僧《こぞう》は？　いつの間に……。まあよい。こうなれば奥の手《おくて》を使うまでじゃ」

グラファイトは首にかけていた大きな牙《きば》のネックレスと、手首に嵌《は》めていた同じようなブレスレットを外した。

そしてそれをポイと投げ捨てると、手にした王笏《セプター》で地面を強く叩く。

瞬間、叩いた王笏《セプター》から、黒いモヤが溢《あふ》れるように飛び出して、地面に捨てられた牙にまとわりついていく。

牙を内包した黒いモヤはだんだんと形を固めていき、やがてそこには鎌首《かまくび》をもたげる竜《りゅう》の頭が作られた。

もちろん生身ではなく、骨の竜の頭だ。頭から伸《の》びた首が黒いモヤの中へと消えている。と、そのモヤの中から同じような竜の首が飛び出してきた。さらに三本、四本と骨の竜の頭が増えていく。

「多頭竜《ヒドラ》か……！」

「たわけ、あのような蛇《へび》の紛《まが》い物と一緒にするでない。邪悪《じゃあく》なる竜の王、ティアマトよ。汝《なんじ》、同胞《はらから》の屍《しかばね》を褥《しとね》に蘇《よみがえ》らん」

『Ｇｒｕｏ……！』

黒いモヤの中から、五つの頭を持った骨の竜が現れた。かなりデカいな……。

それにしても竜の王？　竜族の王は青竜である瑠璃じゃなかったか？

《瑠璃、そっちは片付いたか？》

《主《あるじ》？　ええ、ほとんどの悪魔《あくま》は燃やし尽くしましたが》

念話で瑠璃に連絡《れんらく》を取るとどうやら向こうはほぼ片付いたらしい。ならこっちへ呼んでも大丈夫か。

瑠璃を召喚し、ティアマトとやらと対面させる。

『むっ……！　あやつは……！』

五頭骨竜《ティアマト》を見た瑠璃が反応を示す。

「知っているのか？」

『はい。邪《じゃ》王竜ティアマト。魔竜《まりゅう》に属しながら、神獣の域にまで届くと言われた邪竜《じゃりゅう》です。哀《あわ》れな……。骸《むくろ》として蘇らせられたか』

魔竜の王ってことか？　神獣の域にまで届くってことは瑠璃とそう変わらない強さってこと？

あの邪神の使徒の力により、パワーアップされてたらもしかしてそれより上かも……。

『Ｄｇｒａａａａａａａａａａａａａａａ！』

突然、ティアマトがその五つの口からブレスを吐いた。

ただのブレスではない。火、水、風、光、闇《やみ》の属性を孕《はら》んだ五属性のドラゴンブレスだ。

ブレスは僕《ぼく》らにではなく、真《ま》っ直《す》ぐ瑠璃へと向かっていた。

『小賢《こざか》しい！』

瑠璃も同じく口からドラゴンブレスを吐き出す。五つのブレスと大きなブレスが正面から激突《げきとつ》する。

どちらもブレスを吐き続けること数秒、中央でせめぎ合っていたブレスがだんだんとティアマトの方に押《お》し返されていく。

やがてティアマトのブレスが途絶《とだ》え、押し勝った瑠璃のブレスが骨だけの相手を襲《おそ》う。

瑠璃のブレスを浴びたティアマトがブスブスと煙を上げながら少しよろめく。

瑠璃のブレスを浴びて骨にならないなんて……いや、骨にはもうなっているのか……消し炭にならないなんて、かなりの防御力だな。

『こやつの相手は私が。もう一度《ひとたび》引導を渡《わた》してやりましょう』

「頼《たの》んだ」

ティアマトは瑠璃に任せて、僕はブリュンヒルドを抜《ぬ》き、グラファイトへ向けて引き金を引く。

グラファイトは背中から現れた蜘蛛のようなカニのような脚《あし》を使って横移動し、それを避《よ》ける。

「【光よ穿《うが》て、輝く聖槍《せいそう》、シャイニングジャベリン】」

続けて光の槍を放つ。

「魔法《まほう》は効かぬと言った！」

王笏《セプター》から漏れ出た黒いモヤが光の槍を吸収する。

それはわかってるんだよ。魔法を使えば逃げずにその場に留まると思ったから撃《う》ったんだ。

「おいおい、僕の方ばかり見ていていいのか？」

「なに？」

グラファイトが気付いたときにはすでに久遠が間近にまで迫っていた。

慌《あわ》てたグラファイトが黒いモヤを盾のようにして防ごうとしたが、まるで息を吹《ふ》きかけられた煙のようにそれは儚《はかな》く消えてしまった。

「なっ⁉」

久遠が振り下ろした神器をグラファイトが王笏《セプター》で受ける。

ピシ、とここまではっきりと聞こえる亀裂《きれつ》音が辺りに響き渡った。

「バカな!?　『ジェット』が欠けるじゃと!?」

「安物だったのでは？」

久遠がそう言って今度は左手に持つシルヴァーを横に振った。王笏《セプター》で神器を弾《はじ》き、グラファイトが後ろへと飛び退く。

だが、追撃《ついげき》とばかりに久遠が神器の引き金を引き、グラファイトへ向けて光の弾丸《だんがん》を放った。

「うぐ!?」

弾丸がグラファイトの足に着弾する。大きく穿たれた穴からは血の一滴《てき》も出なかったが、塞《ふさ》がる様子もない。再生がされていないのだ。

あの弾丸は神気の塊《かたまり》である。邪神の再生なんぞさせるわけがない。

「小僧……！　貴様、何者じゃ!?」

「生憎《あいにく》と知らない怪しい人には名乗らないようにと教育されているので。その質問にはお答えできませんね」

久遠の両目がレッドゴールドの輝きを放つ。『圧壊《あっかい》』の魔眼だ。

『おらおらぁ！　「第一封印解除」ぉ！』

光を帯びたシルヴァーがグラファイトの背から伸びたカニの脚に触《ふ》れると、ゴガン！

と派手な音を立てて木っ端微塵に吹き飛んだ。

あれって久遠の魔眼を何倍にも増幅《ぞうふく》するシルヴァーの能力だっけか。意外と使えるな、あいつ。

「おのれ、小僧！　調子に乗るなよ！」

グラファイトが王笏《セプター》を振り翳《かざ》すが、先ほどのように勢いよく黒いモヤは出ず、チョロチョロとした薄い霧状《きりじょう》のものが周囲を漂うだけだった。

「なぜじゃ⁉　なぜ『ジェット』の力が引き出せぬ⁉」

それが僕の作った神器の特性、【神気無効化】だ。久遠が近くにいる限り、もうその王笏《セプター》は使えないぞ。

「くっ！」

剣のように振られるカニの脚から、またしてもいくつもの衝撃波が久遠に向けて飛んでくる。あれは神気を使っていない魔法攻撃だな。

近付けさせないために放たれた衝撃波を久遠は苦もなく躱していく。

その右目にはオレンジゴールドの輝きがあった。『先見』の魔眼による未来予知だ。久遠にはどこから衝撃波が飛んでくるか全てわかるのだろう。

全てを躱しきった久遠がグラファイトを追い詰《つ》める。

真横に振るわれた神器の剣を防ごうと、グラファイトのカニ脚が動く。

だが晶剣《しょうけん》と同じ、いや、それ以上の鋭《するど》さを持つ神器の剣を止めることはできない。

容易《たやす》くカニの脚を切断し、そのままグラファイトをも斬り裂く。

「しぇや！」

「！」

突如《とつじょ》グラファイトから巻き起こった炎の竜巻《たつまき》に久遠が思わず後ずさった。

炎はグラファイト自身を燃やし続ける。焼身《しょうしん》自殺……なわけないよな。

燃え盛る炎の中でニタリとグラファイトが笑《え》みを浮かべたような目をした。

「なるほど、ヘーゼルやオーキッドを倒したのもお前さんじゃな……？　とんだ伏兵《ふくへい》がいたものよ。だがこのまま終わるわけにはいかぬ」

前の邪神の使徒を倒したのは久遠ではないのだが、わざわざ説明する気はない。

グラファイトの身体がどんどんと燃え尽きていき、その肉体が完全に灰となったとき、そこにはメタリックブラックの輝きを持つ、山羊《やぎ》の頭蓋骨《ずがいこつ》を持ったスケルトンが誕生していた。

あの野郎《やろう》、邪神の神気を使うことができないとわかって、体内に凝縮《ぎょうしゅく》する方に切り替《か》えたな……？

戦っている間、薄《うす》い神気を自分の骨に取り込んでいたんだろう。完全にアンデッドになりやがった。

あのメタリックブラックの身体は邪神の神気により、とてつもない強度を持っているのだろう。だが──。

「【スリップ】」

「ぬおっ⁉」

グラファイトが地面についていた王笏《セプター》が、久遠の【スリップ】により前へと滑《すべ》っていく。

同時に足が滑り、バランスを崩したグラファイトも前へと無様に倒れた。

カランカランとグラファイトの手を離れた王笏《セプター》が久遠の足元まで転がっていく。

左足で転がってきた王笏《セプター》を踏みつけた久遠が神器剣を振りかざす。

「なっ⁉　やめ……！」

「却下《きやつか》です」

いくら頑丈《がんじよう》で硬《かた》い骨だろうが邪神の使徒を倒すのに本体を斬る必要はない。その力の源となっている邪神器を壊せばいいだけのこと。

振り下ろされた久遠の剣が、メタルブラックの王笏《セプター》を粉々に打ち砕《くだ》く。

「ぐっ、があぁぁぁぁぁぁぁ⁉」

久遠に向けて手を伸ばした山羊頭の骸骨《がいこつ》がメタリックブラックの色を失い、灰色になったかと思うと、そのままサラサラと砂になって崩れていく。

打ち砕かれた王笏《セプター》も、ドロドロとした黒い液体になって消滅《しょうめつ》した。

倒した、か。

と、瑠璃と戦っていた五頭竜《ティアマト》も、ガラガラと崩れ、骨の山になっていく。グラファイトからの力の供給が途絶えたからだろう。

キュクロプスの方もエルゼたちが加わってもうすぐ片付きそうだ。町の方の魔物《まもの》もガルディオ帝国《ていこく》の騎士団《きしだん》と琥珀たちでやがて沈静化《ちんせいか》するだろう。

神器は問題なく使えるようだ。

ただ、結局潜水ヘルメットの使徒は救助に来なかったな。

以前の槍使いの時も思ったが、こいつらの仲間意識というものはかなり薄いのかもしれない……む？

妙《みょう》な気配を感じた僕は素早くブリュンヒルドを抜き、上空に見えた黒い影《かげ》に向けて引き金を引いた。

しばらくすると空から小さな機械が地面に落ちてバラバラと砕け散った。

これは……ゴレム？　鳥型のゴレムか？

僕らの戦いを見ていた……いや、監視《かんし》していた？　いつから？

「【ストレージ】」

鳥ゴレムの残骸《ざんがい》を【ストレージ】に収納する。後で博士たちに分析《ぶんせき》してもらおう。

ちょっとまずいか？　久遠と神器の存在が邪神の使徒たちにバレたかもしれない。

まあこっちもいろいろと策を講じてはいるが……。

「父上？　どうかしましたか？」

「いや、なんでもない。お疲《つか》れさん」

僕は久遠の頭をひと撫《な》でして、キュクロプスたちと戦うエルゼらの応援《おうえん》へと向かった。

第四章　『金』の王冠の秘密

久遠《くおん》が邪神の使徒であるグラファイトを倒してしばらくすると、巨大《きよだい》ゴレムのキュクロプス軍団もスゥたちに殲滅《せんめつ》された。

町中にいた悪魔や竜牙《りゆうが》兵、半魚人どもは琥珀《こはく》たちとガルディオ騎士団が倒し、港町ブレンはひとまずの落ち着きを見せた。

被害《ひがい》は甚大《じんだい》だし、住民たちは未《いま》だ恐怖《きようふ》に慄《おのの》いていたが、騎士団の登場によってやっと安心したようだ。

被害状況《ひがいじようきよう》を確認《かくにん》するとともに、ガルディオ皇帝《こうてい》率いる騎士団は、行き掛《が》けの駄賃《だちん》とばかりに『黒蝶《パピヨン》』の本拠地《ほんきよち》にも踏み込《こ》み、首領の身柄《みがら》を取り押さえたという。

この騒動《そうどう》を引き起こした主犯という建前だが、あながち間違《まちが》いでもない。奴《やつ》らが邪神の使徒と取引をし、黄金薬を売り捌《さば》いていたのは間違いないのだから。

のちにわかったことだが、さらにこいつらは黄金薬を独自に改良し、人間を理性を無くした魔物に変えてしまう、増強剤《ぞうきようざい》のようなものを開発していたらしい。

これが世界にばら撒《ま》かれていたらと思うと恐ろしいな……。

まあとにかく戦いは終わった。惜しむらくは潜水ヘルメットの邪神の使徒を押さえられなかったことか。

わざわざ久遠に【インビジブル】を使ってずっと姿を消してもらってたのにな。当てが外れた。

まあ、僕の作った神器が邪神の使徒に効果があるとわかっただけでも良しとするか。

ガルディオ騎士団だけを残し、皇帝陛下を帝都《ていと》へと戻《もど》して、僕らも帰路につく。

さすがに疲れたので、そのまま夢も見ずにぐっすりと眠《ねむ》ってしまった。

朝起きてリビングへ向かうと、むくれた子供たちにお出迎《でむか》えされる。

「にーさまだけズルい！　ステフも行きたかった！」

「いや、僕も遊びに行ったわけでは……」

そう言って久遠にステフが詰め寄っている。さすがの久遠も唯一《ゆいいつ》の妹には強く出られないのか、ちょっと引き気味だ。

「私たちもやっつけたかったー！」

「悪いヤツはぶっ飛ばすんだよ！」

そして僕の方にはリンネとフレイが押し寄せてくる。さすがに八《や》雲《くも》は詰め寄ってはこないが、腰《こし》に手をやり、少しご機嫌斜《きげんなな》めだ。

「はいはい、そこまで。今回は突発的《とっぱつてき》なことだったし、向こうの戦力もよくわからない状態だったから、仕方ないでしょう？　それに貴女《あなた》たちはぐっすりと寝《ね》ていたし」

手を叩《たた》いてリーンがそう嗜《たしな》める。

そうね、みんな寝てたしね。起こすのは忍《しの》びないと思ってさ……。たまたま久遠がトイレに起きてたので、協力を頼んだのだ。

【インビジブル】で隠《かく》れて行動しなきゃならなかったし、こう言っちゃ悪いけど、久遠が一番適任だったし……。

まあ、夜中の歓楽街《かんらくがい》に娘《むすめ》たちを連れて行くってのがはばかられたってのもある。

子供たちはまだ少し不満を持っているようだったが、なんとか引き下がってもらえた。

本来なら久遠でさえも連れて行きたくはないんだけどな……。

邪神の使徒にとどめを刺せるのが、神器を持った地上の人間、というならば、別に子供たちじゃなくてもいい。

僕らを抜きにして、この地上で一番強い人間を勇者として神器を授《さず》ければ、それでＯＫな気もする。

だけども邪神の使徒の力を見ていると、普通の人間では到底太刀《とうていたち》打《う》ちできないレベルに思う。

それに勇者が神器を自由自在に操れるようになるには時間もかかる。一年か、二年か……その間に蹂躙される国や民を見殺しにはできない。

やはり半神である僕の子供たちが一番適任なのだろう。……わかっちゃいるんだ。わかっちゃいるんだけれども、なんともやりきれない気持ちがある。

それに地上で一番強い人間って、僕が知る限りヒルダのお祖父《じい》さんであるレスティアの先々王陛下だしなあ……。

ギャレンさんは強いけど、歳《とし》が歳だし、ちょっと不安がある。邪神の使徒には女もいたはずだ。あのスケベ爺《じい》さんだと、あっさりと隙《すき》ができそうで怖《こわ》い。

朝食を食べ終わると、昨日撃ち落とした鳥ゴレムを持ってバビロンにいる博士たちのところへ行った。

「ふむ、戦闘力《せんとうりょく》の全くない監視用の小型ゴレムじゃな。徹底的《てっていてき》に軽く作られているため、ほとんど防御力《ぼうぎょりょく》がない偵察《ていさつ》専用のゴレムじゃ。こやつが見た映像はもう一対《いっつい》の鳥ゴレムに送られるようになっておる。つまり……」

「既《すで》に映像は敵さんの手に渡っているってことか」

教授の説明を聞いて僕は眉根《まゆね》を寄せた。むう。映像が内蔵記録タイプなら仕留めた時点で記録消去になったのにな。

いや、そもそも監視の鳥ゴレムがこの一体かどうかもわからないが。どっちにしろ向こうに神器のことがバレたと見ていいだろう。この次はそう簡単に打ち合ってはもらえないかもな。

「でも映像が見えてたなら助けに来てもよさそうだけども」

「こいつは記録と再生を同時にできるタイプじゃないからの。記録を向こうに送っただけで、見た時にはもうすでに遅かった、ということじゃろ」

リアルタイムで見られないってことか？　単なるビデオカメラってことかな？　監視カメラのように現在の画像を見たり、配信はできないってこと？

「記録しながら送ると、画像が不鮮明《ふせんめい》になりやすいからの。こっちの方が確実だと思ったんじゃろ。あるいはもともと助ける気などなかったか……」

教授の言う通り、その可能性は高いと思う。もしもリアルタイムで見られてたとしても、あいつらは僕らの手の内を知るためにグラファイトを見殺しにしたんじゃないか？

こちらの情報が渡ってしまったが、邪神の使徒は仕留めた。じれったいが、少しずつヤツらの手足をもいでいくしかない。

そんなことを考えていると、博士が思い出したように口を開いた。

「ああ、専用機《ヴァルキュリア》の調整は終わったから、これから君のレギンレイヴの調整に入るよ。まあ、調整っていうより改造だけどね」

「え？　まだなんか改造するのか？」

海中で動きやすくなればそれでＯＫなんだが……。あんまり余計な改造をされると不安なんだけれども。

「邪神を倒してから君の魔力はますます変質してしまって、今までの魔力回路《エーテルサーキット》だと長持ちしないいんだよ。修復がおっつかない。ついでだからさらに強化しておきたい。予想外のところで動かなくなるなんてのは嫌《いや》だろう？」

魔力が変質？　ああ、邪神との戦いで完全に神族になったからか。そりゃ魔力の質も変化したよな。

別に動かせないことはないんだけどな……。でもいつ壊《こわ》れるかわからないものを使うのはやめといた方がいいか。全力を出せないで負けるのは困る。

博士の改造に許可を出して『研究所』を出ると、懐《ふところ》にあるスマホに着信があった。

ゼノアスの魔王《ま おう》陛下から？　なんだろう……？　また桜やヨシノ絡《がら》みのお願いかな？

あの人ごね出すと長いから面倒だなぁ……。むむう、義父とはいえ出たくないな。

とはいえ出なきゃ出ないで、後でもっと面倒なことになるのは目に見えているので、仕方なしに僕は着信ボタンに触れた。

「はい、もしもし？」

『おう、公王陛下。ちょっと聞きたいことがあるんだが』

「なんですか？」

どうやったら桜の目をかいくぐってヨシノと遊べるかとかは知らんよ？

『少し前にゼノアスの西側《うちがわ》にある山岳《さんがく》地帯で変なものが発見されてな。なにかの遺跡《いせき》らしいんだが……調査隊を向かわせたところ、何をしても開かない扉《とびら》が発見されたんだ。その扉に刻まれている紋章《もんしょう》に見覚えがあってな。あ、画像をメールで送る』

遺跡？　開かない扉？　古代魔法文明の遺跡か。紋章ってことは、刻印魔法で封印されているのかな？

僕がそんなことを考えていると、ピロン、と、魔王陛下からメールが届いた。

メールを開き、画像を見る。これは……！

「【王冠】……!?」

『やっぱりか。これって公王陛下のとこにいる白いゴレムの首に刻まれているのとおんなじ紋章だよな？』

魔王陛下の言う通りこの【王冠】の紋章は、稀代《きたい》のゴレム技師、クロム・ランシェスが作り出した【王冠《クラウン》】シリーズに刻まれている紋章そのものだった。

どういうことだ？　【王冠】の紋章が刻まれた遺跡がなんでゼノアスに？

そもそもクロム・ランシェスは裏世界の……あ！

そうか！　クロム・ランシェスは裏世界から表世界へと、『白』と『黒』の【王冠】の力で世界転移したんだ。

そしてある国の小さな村を拠点《きよてん》に魔法の研究をしてたってアルブスが言ってた……！

確かピライスラ連合王国……フレイズの襲撃《しゆうげき》で滅《ほろ》んだが、現在の魔王国ゼノアスがある場所に存在した国だ。

するとその遺跡はクロム・ランシェスが表世界へ来てからの研究所なのか……!?

ひょっとして『金』のゴールドや『銀』のシルヴァーが生み出されたのもそこか……？

「魔王陛下、その遺跡の場所を教えて下さい！」

僕は魔王陛下に遺跡の場所を教えてもらうと、現在ヴァールアルブスにいて、『方舟《アーク》』の監視に当たっている『白』の【王冠】の下へと転移した。

◇　◇　◇

『間違イ無シ。クロムノ研究施設《しせつ》。「金」ト「銀」ハココデ作ラレタ』

ゼノアスの遺跡へと連れてきたアルブスは僕らにそう断言した。

「そうなんですか、シルヴァー？」

『や、あっしはずっと研究所の中で固定されてやしたからねぇ。目覚めさせられたり、眠らされたりもしょっちゅうでやんしたし……。中に入ってみないとなんとも……』

久遠の腰にある『銀』の王冠ことシルヴァーはどうやら箱入りだったようで判別できないようだ。

目の前には岩山に半ば埋もれるように金属製の両扉のようなものがあり、その扉横には手のひらサイズの【王冠】の紋章があった。

「ゴールドはどうだ？」

今度はステフに付き従う『金』の王冠、ゴールドに声をかけてみる。

しかし僕の問いかけに、ゴールドは小さく首を横に振《ふ》った。

『我ガ記録ニ、マスターニ出会ウ以前ノ情報ハ無イ。故ニ返答不可能』

そうか、こいつは初期化されているんだっけな。昔の記憶《きおく》も全部、いっさいがっさい消えてしまっているのか。それじゃあわからんわな。

「どうです？　開きそうですか？」

そう尋《たず》ねてきたのはゼノアスの第二王子、桜の兄に当たり、僕の義兄《ぎけい》でもあるファレス王子だ。

彼《かれ》がこの遺跡の調査隊を任されている。彼とあとは護衛の騎士《きし》隊がいるが。

うちからは『白』、『銀』、『金』の【王冠】と、僕とユミナに久遠、ステフとスゥ、そしてリーン、さらにバビロン博士にエルカ技師、教授《プロフェッサー》、クーンと言った開発陣《かいはつじん》だ。

クロム・ランシェスの研究所などという、垂涎《すいぜん》の的をうちの魔工《まこう》馬鹿集団が逃《のが》すわけもなく。思ってたよりも大所帯で押しかけてしまった。ファレス義兄《にい》さんには申し訳ない。

『扉ヲ開クナラ左右ノ水晶《すいしょう》ニ【王冠】ガ触《ふ》レル事ガ鍵《かぎ》トナル』

アルブスの言葉に従って視線を向けると、確かに扉の左右に小さな菱形《ひしがた》の水晶が嵌め込まれている。

これって二体の【王冠】がいなければ開かないって事なのか？　クロム・ランシェスは『白』のアルブスと『黒』のノワールを従えて表世界へ来たからな……。【王冠】が鍵代わりか。

そういえば『方舟《アーク》』も【王冠】がいなければ入れないって話だったな。ボディガード兼《けん》鍵代《かぎ》わりってわけだ。

ここには『白』、『銀』、『金』の【王冠】がいるけども、シルヴァーは面倒《めんど》そうなんでアルブスとゴールドに左右の水晶に触れてもらった。

キュンッ、と軋《きし》むような、何かが走るような音がして、金属製の扉が左右にゆっくりと開いていく。

「おおっ！　開い、た……？」

ゼノアスの人たちから喜びの声に続き、疑問の声が漏《も》れた。

なぜなら扉の中は、六畳《じょう》一間ほどの円形のスペースがあるだけで、その他には何もない空間だったからだ。

「これが研究施設……？」

『否。コレハ昇降機《エレベーター》デアル。研究施設は地下ニアル』

僕の疑問にアルブスが答えてくれた。そっか、地下か。

何かあった時のためにゼノアスの護衛の騎士たちを半分ほど地上に残し、内部から再び扉を閉める。真っ暗になるかと思いきや、壁面《へきめん》全体がぼんやりと明るい光を放っていた。

アルブスが側面にあったパネルのような物を操作すると、ガコン、と小さく振動《しんどう》したあと、地球のエレベーターと同じような感覚が僕らを襲う。おお、下がってる、下がってる。

僕らは慣れているが、ファレス義兄《にい》さんを先頭に、ゼノアスの面々は初めての体験に完全に硬直《こうちょく》していた。まあ初めてだと慣れないよね……。

時間にして数十秒ほどで再び、ガコン、という音とともにエレベーターが止まる。ん？　着いたか？

ゆっくりと開いた扉の先には、エレベーター内部と同じぼんやりとした光が部屋の中を浮《う》かび上がらせていた。

かなり広いスペースに雑多な物が置かれている。机に椅子《いす》、何かわからない装置、青白く光る円筒形《えんとうけい》のカプセル、沢山《たくさん》のコード……。確かに研究所って感じだが、砂や埃《ほこり》のようなものがあちらこちらに堆《うずたか》く積まれていて、判別に困難な状況《じょうきょう》を生み出していた。

「こりゃあ、酷《ひど》いのう……」

「本当にここがクロム・ランシェスの研究所なの？　まるで廃墟《はいきょ》じゃない」

教授とエルカ技師からそんな声が漏れるほど、ボロボロの状態だった。

落ちていたなにかの破片《はへん》をバビロン博士がつまみ上げ、指でパキリとそれを容易く砕く。

「これらには保護魔法がかけられていないな。建物自体にはかけられているようだから、あえてかけなかったのか、あるいはなにかで打ち消されたのか……」

『オソラク暴走シタ我ト「黒」ノ【王冠能力《クラウンスキル》】ガ原因。保護魔法ヲカケル前マデ時間ガ遡《そ》上《じょう》シタ』

バビロン博士の言葉にアルブスが答える。

時間が遡上？　時が戻ったってことか。保護魔法がかけられる前まで時間が戻ってしまって、キャンセルされてしまったということなのか。

「だから無事なものと朽《く》ちてしまったものがごっちゃにあるんですね」

クーンが足で本のような物をつつくと、それはあっさりと砂のように崩《くず》れてしまった。

五千年前の『白』と『黒』の王冠の暴走。博士が言うところの『矛盾《むじゅん》の嵐《あらし》』ってやつか。時間軸《じく》が入り乱れ、めちゃくちゃになってしまったというやつだ。まあそのおかげでフレイズたちは次元の狭間《はざま》に追いやられ、当時の世界の結界は修復されて、この世界は事なきを得たんだが……。

「まったく全部が全部ダメになってしまったわけではないようだよ。これなどは普通に……読めないな。どこの文字だ、これは？　ひょっとして裏世界の古代文字か？」

博士が崩れていない薄い本を砂の中から引っ張り出して開き、読めない文字に眉根を寄せている。

ああ、クロム・ランシェスは裏世界《あっち》の人間だからな。表世界《こっち》の文字で書くより楽だったろうし、機密的にも裏世界の文字で書いた方が都合が良かったんだろう。

「どれどれ？　うーん……これって古代パルパ工学文字、かしら……？　ところどころわからない文字もあるけど、これなら時間をかければなんとか……」

「ほい、翻訳《ほんやく》メガネ」

博士から本を受け取って唸《うな》っていたエルカ技師に、僕は【ストレージ】から翻訳魔法《ほんやくまほう》【リーディング】が付与《ふよ》された眼鏡をポンと差し出す。

「うわ、すごい！　全部読める！」

「冬夜《とうや》君、ボクにも」

「ワシもワシも」

「お父様、私にも！」

開発陣&クーンが欲《ほ》しがるので予備の眼鏡を渡してやった。いや、なんで四人で一つの本を読んでんのさ……。他にも何冊か転がってるだろ。

「まず無事な物とダメな物を分けたほうがいいですかね？」

「そうですね」

ファレス義兄《にい》さんの提案に僕も頷《うなず》く。幸い、朽ちた物とそうでない物はすぐに見分けがつくのでそこまで手間のかかる作業ではあるまい。

とはいえ、あまり使えそうなものは見当たらないな。とりあえず本……というか、ノート？　らしきものは確保しておいた方がいいよな。

「これは確かにクロム・ランシェスが作るゴレムの基盤《きばん》構成だわ。このノートはとてつもない価値があるわよ」

「ふむ、だがまだ魔法を覚えたばかりで魔力《まりよく》の調整に手こずっていたようだね」

「む？　ここのエーテルラインが反対側に回り込んでいるようじゃが……何故《なぜ》じゃ？」

「教授、こっちの駆動部《くどうぶ》から魔力を拾うためでは？　余剰《よじよう》な魔力をこっちへ再利用して……」

おいそこの四人。手伝えや。

「冬夜さん、こっちにも別の部屋があるみたいですよ」

ユミナが指し示す先に、いくつかの扉があった。

こちらの扉は自動的に開く扉ではなく、いたって普通《ふつう》の扉だ。

ノブを回して一番手前の金属の扉を開くと、中には初めの部屋と同じく、砂やボロボロに朽ちたなにかがところどころに転がっていた。

置いてあった机らしきものの上にも、砂や崩れたなにかが山積みになっている。書類なんかが置いてあったのだろうか。

「あれ？」

僕は朽ちたものの中に、なにか四角いものが埋《う》もれているのを見つけた。砂を払《はら》い落としながらそれを手に取る。

手のひらより少し大きいくらいの板……アクリル板のような透明《とうめい》なものだ。なんだこれ？

『ソレハ魔幻燈板《エーテルフィルム》。魔力ヲ流スト記録シタ映像ガ浮カブ』

「へえ。写真のようなもんか」

アルブスの説明に従って魔力を流すと、透明な板に画像がぼんやりと浮かんできた。これは……。

映し出されたのは三人の人間。男性が一人、女性が一人、そして子供が一人。これって……。

『クロムト奥方《おくがた》、ソシテ娘』

やっぱりか。アルブスの言葉に僕は改めて映像を見る。

真ん中にいる女の子が笑って両親の手を握《にぎ》っている。そうか、これは家族写真なんだな……。

文字が書き込んであるな。向こうの文字だ。エッダ、リューリと、か。奥《おく》さんと子供の名前かな……。

クロム・ランシェスもこの家族写真を見て研究を頑張《がんば》っていたのだろうか……。しかし彼は『黒』と『白』の暴走の後、記憶を無くした筈《はず》だ。

いきなり全部無くなったというわけじゃないらしいが、少しずつ家族の記憶が消えていくというのは……とても恐《おそ》ろしかったと思う。

だけど暴走が起こらなければ、彼の妻や娘は支配種であるギラの野郎に殺されたままだったのだ。

時が逆行し、その命を守れたのなら彼は本望《ほんもう》だったのかもしれない。

「父上、ちょっと見てもらいたい物が」

「ん？　何か見つけたか？」

別の部屋を調べていた久遠《くおん》が入口から手招きをしている。僕は魔幻燈板《エーテルフィルム》を【ストレージ】に収納し、久遠が案内する部屋へと足を踏《ふ》み入れた。

「これは……！」

広いその部屋には何本もの剣《けん》が床《ゆか》に転がっていた。どれもこれも破損していたり、折れたりしている。まるで剣の墓場だ。

いや、僕《ぼく》が驚《おどろ》いたのはそこではない。転がっている剣はどれもこれも同じ形で、しかもそれと『そっくりな剣』を、僕の息子《むすこ》が持っている。

「シルヴァー。ここが君のいた場所ですか？」

『……ええ。間違いありやせん。ここであっしは作られやした』

久遠の腰に差されている『銀』の王冠《おうかん》、インフィニット・シルヴァーが重々しい声を漏らした。

◇　◇　◇

床に無造作に投げ出された剣はどれもこれも折れたり欠けたりしているもので、部屋の隅《すみ》の方にも砂に埋もれていくつもの剣が転がっていた。こっちも同じく折れたり欠けたりしている。

「これってシルヴァーと同じ剣だよな？」

『そうでやんスね。あっしの兄弟ってところですか。この部屋を見て、いろいろと思い出してきたっスよ……。もともと「銀」の王冠ってな、他の「王冠」の装備品として作られたんス』

『王冠』の装備品？　まあ、武器なんだから誰《だれ》かに使ってもらってナンボだと思うけど、『契約者《マスター》』じゃなくて『王冠』にか？

『クロムの野郎は、「代償《だいしょう》」無しで「王冠」の「王冠能力《クラウンスキル》」を使えないかと研究してやした。結果、辿《たど》り着いた答えのひとつが「代償」を他のヤツに肩代《かたが》わりさせるというものだったんス』

肩代わり……？　まさかそれって、本来『契約者《マスター》』が払うべき『代償』を誰かになすりつけるってことか⁉

「ひょっとしてここにある剣の残骸は……」

『「代償」を受けきれなかったヤツらっスよ』

『王冠』の代償はそれぞれの機体によって違《ちが》う。例えば『赤』なら血液、『緑』なら飢餓《きが》、『青』なら眠り、と少しならばなんとかなる。だが払うべき代償が大きくなると命に関わる。

『赤』は失血死、『緑』は餓死《がし》、『青』は昏睡《こんすい》状態となってしまう。

その代償を全部『銀』の王冠に被《かぶ》せ、『契約者《マスター》』はなんの代償も払うことなく『王冠能力《クラウンスキル》』を引き出そうとしたわけか。

『当たり前でやんスけど、ゴレムには血もねえし、腹も空きやせん。いわゆる人間の欲ってもんが基本的に無いんでやんすよ。そうなると払うべき代償が無いあっしらでは当然、

『王冠能力《クラウンスキル》』なんて発動しません。でも、もしそういった「欲」があるゴレムが作れたら……とクロムの野郎は考えたわけでして』

「そうか、だから魔法《ま ほう》生命体との融合《ゆうごう》を考えたのか」

シルヴァーの説明にいつの間にか横にいたバビロン博士が指を鳴らした。

魔法生命体……たとえばスライムなんかなら生きるために他の動物を捕食《ほしょく》する。少なくとも生存本能や食欲はあるわけだ。それを利用しようってわけか。

『けれど、それは言葉で言うほど簡単じゃありやせん。人間の「生きたい」、「食べたい」、「眠りたい」なんて「欲」は魔法生命体にしても負荷《ふか》がかかり過ぎるんでやんス。その力に耐《た》えられなかったヤツは……』

「こうなるってわけか」

僕は転がっている剣の一つを手にして、じっと眺《なが》めた。確かに外からの衝撃《しょうげき》というより、内部から破裂《はれつ》したような壊れ方《かた》だ。

力に耐えられず、自壊《じかい》したというところか。

「と、言うことはシルヴァーはその成功作ということですか？　王冠の『王冠能力《クラウンスキル》』を代償無しで使える、と？」

『まぁ、一応は……。けど、限界はあるっスよ？　たとえばアルブスの「リセット」なんて使った日にゃ、たぶんあっしの精神回路は真っ白になって、一発でおしまいでさ』

使えるが、一度切りってことか？　それって……。

「なるほど。使い捨てか。君たち『銀』の王冠は、いわば生贄《いけにえ》なんだな？　『王冠能力《クラウンスキル》』を使うための」

博士が僕の思っていたことをズバリと口にした。使い捨て。まさにその通りだ。

食事の時に使ってあとは捨てられるだけの割り箸《ばし》。手を汚《よご》さないためだけに使われるビニール手袋《てぶくろ》。それらと同じ扱《あつか》いってわけか。

ずいぶんと高い使い捨てだ。だけど『王冠能力《クラウンスキル》』を使う『代償』の代わりになると思えば安いものなのかもしれない。

『ま、もっとも使い捨てられるレベルまで完成したのはあっしだけだったようでスけどね。それだってクロムにしてみたら到底《とうてい》満足できるものじゃなかった。だからあっしら『銀』は開発中止になったんス』

思い切りがいいというか、こだわりがないというか……。クロム・ランシェスは『銀』の王冠をあれこれと試行錯誤《しこうさくご》するよりも、全く違うものを一から作ろうと考え直したらしい。

そこが天才の天才たる所以《ゆえん》なのだろうか。一つの概念《がいねん》に囚《とら》われない。新たな方法が見つかったならすぐに切り替える。

一つのことにこだわってそれを極《きわ》めていくのも才能だとは思うが……。

「で、『銀』の王冠の開発をやめたクロムは『金』の開発を始めた？」

『みたいっス。あっしはここに固定されていたんで、「金」がどんなコンセプトで作られたかは一切《いっさい》知らねぇでやんスけど……。ときたまクロムが独り言を言うのを部屋越《ご》しに聞いたくらいで』

こう言ったら悪いが、クロムにとって『銀』の王冠は失敗作だったのだろう。

彼の目的は『白』と『黒』の王冠の『王冠能力《クラウンスキル》』を代償無しで使い、フレイズに侵略《しんりゃく》されつつあるこの世界を逃《に》げ出すことだった。

結局、それは間に合わず、『白』と『黒』の暴走により、彼は代償を払うことになるのだが……。

あれ？　ちょっと待てよ？　ということは『金』の王冠は未完成なのか？

確かにゴールドは自分自身に『王冠能力《クラウンスキル》』がないと言っていた。

だけど『金』の王冠自体が他の王冠の『王冠能力《クラウンスキル》』を代償無しに使うためのだけの機体だとするならば、『王冠能力《クラウンスキル》』を持っていないのは当たり前なわけで……。ううん、よくわからなくなってきたな。

「では『金』もここで作られたわけですか……。ゴールド、なにか思い出しましたか？」

『我ノ記憶《メモリー》ニハ何モ無イ』

久遠の問いかけにゴールドが前と同じ答えを放つ。やっぱり初期化した時に消えてしまったのだろう。自分自身のスペックとかはわかるのに、当時の記憶とかはさっぱり消えてしまっているようだ。

「ゴレムの記憶はQクリスタルに焼き付けられたものと、引き出しに入れるだけのものがあるからね。焼き付けられた、自分が何者であるとか、契約者に従うとか、そう言ったゴレムの基本的なことは消えないけど、単なる日常の記憶は初期化によって消えてしまうわ」

エルカ技師が拾った『銀』の王冠の残骸を調べながら教えてくれる。

「全部焼き付ければ消せないのにな」

「それだと命令系統がごちゃごちゃになるし、うまく機能しなくなるのよ。『木を切り倒すな』という命令が焼き付いてしまったら、『木を切れ』という命令は従えなくなるわ」

なるほど。消しゴムで消せる鉛筆《えんぴつ》で書くか、消せない油性マジックで書くかの違い……といったところか？

本当に重要で必要な命令ならマジックで書いても問題はないが、取り消す可能性のある命令ならば、マジックで書くのはマズいよな。

何かの参考になるかもしれないという博士の頼《たの》みにより、『銀』の王冠の残骸を【ストレージ】へと一応収納しておく。

その部屋を出て、他の扉を開いていくと、少し広めの部屋にぶち当たった。

ここもいかにも研究室といった雰囲気《ふんいき》の、中央に大きな台とよくわからない機械類が置いてある。

他の部屋と同じく砂や塵《ちり》と化した何かが堆積《たいせき》し、使えるものがあるかどうか探すのも一苦労であった。

僕も近くにあった机の引き出しを開けてみるが、中には砂のように朽ちたなにかが入っているだけだった。

「父上、これを」

「ん？」

箱に溜《た》まっていた砂の中から何かを拾った久遠が僕に差し出してきたのは、黄金に輝《かがや》く丸っこいパーツだった。あれ、これって……？

「ゴールド。ちょっとこっちに来てくれ」

ステフの護衛よろしく付き従うゴールドを呼び寄せ、その肩《かた》に久遠がくれたパーツをあてがう。

「ピッタリですね」

久遠の声に僕も小さく頷く。これってまったく同じパーツだよな。つまりこれはゴールドの本体に使われている装甲《そうこう》と同じものだ。予備なのか、不良品なのかはわからないが……。

それとも……やはり『金』の王冠は複数作られていて、その余剰パーツのひとつとか？

「ここでゴールド……『金』の王冠が作られた……のか？」

『不明。我ニソノ記憶ハ無イ』

先ほどと同じような回答が返ってくる。やはりゴールドには記憶がないようだ。

だが、ここでゴールドが作られた可能性は高い。そうとなれば、めぼしいものがないかと物色することにした。

いくつかのノートっぽいものと、なにやらよくわからないコードがついた輪っか、なにかを培養《ばいよう》してたような大きなカプセルなどを片っ端《かたっぱし》から【ストレージ】に収めていく。

一応、これらはゼノアスとの共同管理ということで、これにより判明した事柄《ことがら》は全て向こうの国にも伝えることとなっている。独り占《ひとじ》めしようとかは考えてないからね？

「……？」

ふと、奇妙《きみょう》な感覚に襲《おそ》われる。微弱《びじゃく》ながら魔力の流れを感じるのだ。建物からさらに足《あし》下《もと》の地下へ静かに流れる魔力を。さっきまでは感じなかったんだけど……。なんだこれ？

「冬夜君？　どうかしたのかい？」

「いや、なんか魔力の流れを感じて……地下の一部分に少しずつ集まっているような……」

「一部分に集まって……？　っ⁉　まずい！　冬夜君、すぐに脱出《だっしゅつ》だ！　この研究所は自《じ》爆《ばく》するぞ！」

「なっ⁉」

博士が焦《あせ》ったように叫《さけ》ぶ。自爆⁉

「た、ターゲットロック！　この地下研究所と、その周辺にいる者全て！　あ、ゴレムも含《ふく》む！」

『ターゲットロック……完了《かんりょう》しましタ』

「【ゲート】！」

ふっ、と足下の床が消え、ストンと身体が落ちる。すぐに外の荒野《こうや》に投げ出された僕たちの耳に、遠くから、ドゴォォン……！　という腹に響《ひび》く爆発音《ばくはつおん》が聞こえてきた。

「みんな無事か⁉」

僕は突然《とつぜん》地面に落とされたみんなを確認《かくにん》する。身内は全員無事だ。ゼノアスのメンバーもファレス王子をはじめ、研究所のエレベーター外にいた護衛の人たちも全員無事のように見える。

ファレス王子に確認してもらい、誰一人《だれひとり》として欠けてはいないことが判明して、やっと安堵《あんど》の息を吐《は》いた。

「あっぶなかった……！　自爆装置とか……頭おかしいだろ、クロム・ランシェスってヤツは……！」

「？　自分の研究施設に自爆装置を付けるのは当たり前だろう？　まあそれに気がつかないとは、少々浮かれていたね、ボクも」

博士がなんでもないことのようにそんなことをのたまう。エルカ技師も教授《プロフェッサー》もクーンまでもがうんうんと頷く。

なんだ？　研究施設と自爆装置はワンセットなのか？　まったくおっそろしい……アレ？

「おい、まさか……『バビロン』にもあるんじゃないだろうな……？」

「あるよ。あれ？　言ってなかったっけ？　九つ全てに、あっ、あっ、痛い痛い痛い！」

とんでもないことをさらりと答えた博士のこめかみを、両拳《こぶし》でグリグリグリグリと締《し》め上げる。

そんな危険なものを国《うち》の上空に置いておいたのか、お前は！

「帰ったらすぐに取り外せよ……！」

「いやいや、もし『バビロン』が悪意を持つ誰かの手に渡《わた》ったらどうするんだい？」

「『バビロン』は管理者《シスターズ》と適合者《マスター》しか扱えないんだろ？　なら外しても問題無いじゃないか」

「施設自体はそうだけど、そこに納められている物自体は違うよ。たとえば『格納庫』のフレームギアを盗《ぬす》まれたり、『錬金棟《れんきんとう》』の万能薬《ばんのうやく》を盗まれたり」

あんな上空にどうやって忍《しの》び込《こ》むのかと言いたいところだが、確かに可能性はゼロじゃない。

だけども盗まれそうだから自爆ってのはないだろう。

「そこは『自分の研究成果を盗まれるくらいならいっそ……』という開発者の心意気だよ。クロム・ランシェスもそう考えたんだろう。魔工学者の嗜《たしな》みってものさ」

本当にそうか……？　言わんとしていることは理解できなくもないが、やはり自爆はやり過ぎな気もする……。

全員の無事を確認してから【ゲート】で再び研究所の場所へ戻《もど》ると、扉のあった岩山は木《こ》っ端微塵《ぱみじん》に吹《ふ》き飛び、周辺にはいろんな残骸《ざんがい》が転がっていた。

派手に吹き飛んだなあ……。

「完全に埋もれてしまっていますね……」

ファレス王子が扉のあった地面を足でジャリジャリと蹴《け》りながら確認していた。

「どうします？」

「掘《ほ》り起こせないことはないんでしょうけど……とてつもない時間と労力、費用がかかりますね……。全部の部屋をざっと確認はできましたし、持ち出せた物だけで満足するしかないかな……」

王子が残念そうに答える。

まあ、ひょっとしたら隠《かく》し部屋なんかもあったのかもしれないが、それを確認するためだけに掘削《くっさく》するわけにもいかないしなあ。

それに保存魔法がかけられているといっても、それは汚れや腐蝕《ふしょく》などから守るためであって、これほどの爆発《ばくはつ》があったのでは無事ではすむまい。

保護魔法のかけられたノートだって破れるし、燃やせるのだ。なにも手を加えなければ何千年とその姿を保っていられるが、無敵のバリアがついているわけじゃない。

「これで『金』の王冠についてなにかわかればいいんだが。向こう側にいる『金』の王冠に対する備えになればいいんだけどね」

ああ、それがあったたな。博士の言葉に僕は向こうにも『金』の王冠があることを思い出した。

研究所に転がっていたパーツ……。やはり『金』の王冠は複数作られたのだろうか？

三体目の『金』の王冠とか出てきたりしないだろうな……？

「ボクが気になっているのは向こうの『金』の王冠は、ステフ君が初期化してしまった記憶《メモリー》を持っているんじゃないかってことさ。奴《やつ》らは『方舟《アーク》』をいとも簡単に奪取《だっしゅ》してみせた。それはあらかじめその情報を持っていたからじゃないか？　クロム・ランシェスの今までの研究の情報を、向こうの『金』の王冠が有している可能性は高いと思う」

なるほど。確かに……。ということは、奴らはここの研究所のことも知っていた可能性があるな。

なのに『方舟《アーク》』のように手に入れていないってことは、もはや無用のものと判断されたからなのか？　必要ないから放置された？　せっかくいろいろ手に入れたけど、役に立つ物はないかもな……。

それでもクロム・ランシェスがなにを考えていたかを知るのは無駄《むだ》なことではあるまい。

というか、うちの魔工スタッフが興味津々《きょうみしんしん》だしなぁ……。またしばらく籠《こも》って出てこなくなりそうだ。

しかし向こうの『金』の王冠がクロム・ランシェスの研究情報を持っているとなると、あのキュクロプスの開発なんかにもその情報が使われているのかもしれない。

エルカ技師と教授《プロフェッサー》は、自分たちと同じ五大ゴレムマイスターの一人、『指揮者《マエストロ》』の関与《かんよ》を疑っていたけど、そいつにクロム・ランシェスの技術が加わるとなると、いずれとんでもないものが作られそうで不安だな……。

まあ、どんなのが来ても叩《たた》き潰《つぶ》すだけだけどさ。

そんな新たな決意をした僕の胸で懐《ふところ》に入れていたスマホが振動し、着信を告げる。

ん？　桜から？

「はい、もしもし？」

『王様、すぐ戻る。空に穴が空いた』

はい？　空に穴？　なにを言って……。待てよ、それって時空の歪《ゆが》みか!?　ブリュンヒルドに!?

ゼノアスの人たちを【ゲート】で国の方へと送り返してから、すぐさま僕らもブリュンヒルドへと戻る。

すでに城からは騎士団《きしだん》が出動していて、空に浮かぶ穴に警戒《けいかい》態勢をとっていた。フレームギアも数機出動している。

ブリュンヒルドの町からわずか三キロ。その上空に直径三メートルほどの黒い穴が浮かんでいた。

周囲が歪んで、まるでゆっくりと回転しているかのように見える。バチバチという小さな放電現象もあるようだ。

穴の中心は真っ黒な空間でなにも見えない。まるでブラックホールだな。吸《す》い込むのではなくて、吐き出す穴だけれども。

「あれが時空の歪みですか……」

「うん。時と空間を超《こ》えてここではないどこかへ繋《つな》がっている穴だよ」

空に浮かぶ歪んだ穴を見上げるリンゼに僕が説明する。ま、時江《ときえ》おばあちゃんの受け売りだが。

今現在、こいつが世界中で開き、騒動《そうどう》を起こしている。

大抵《たいてい》はその穴から飛び出してきた魔獣《まじゅう》による集団暴走《スタンピード》だ。しかし椿《つばき》さんからの報告だと、突然《とつぜん》押《お》し寄せた大量の水に村が流されてしまったという情報もある。

おそらくは過去世界の海とか湖につながってしまったのだろう。

「あれって消せないんですか？」

「時江おばあちゃんなら一瞬《いっしゅん》で消せるけど……なにもしなくてもあの大きさなら世界の修

復力でやがて消えるらしいよ。その間になにかが飛び出してこなければ問題はない……と思う」

リンゼの疑問に答えながら、僕はとうとううちの国にも出てきたか、と少しの焦りを感じていた。

確認されていないだけで、こういった歪みの穴は世界中でいくつも開いているのだと思う。ただ、なにも現れず、自然消滅《しょうめつ》してしまっただけで。

この穴もそうならいいのだが……。だけど消えるってどれくらいだ？　一日？　三日？　ずっとここに騎士団のみんなを常駐《じょうちゅう》しておくのもなぁ……。

「ダーリン、あの穴の周りにあらかじめ【プリズン】を張っておくことはできないかしら。なにが飛び出してきても被害《ひがい》を食い止めることができるんじゃない？」

「あ、なるほど。その手があったか」

リーンの提案にポンと手を打つ。そうかそうか、あらかじめ【プリズン】の結界を張っておけばなにも————。

「……って、遅《おそ》かったみたいね」

「え？」

【プリズン】を張ろうとしたその時、次元の穴がグニョンと歪み、その中から見覚えのあるものが空中に次々と飛び出してきた。

『それ』はキラキラとした光を反射させながら、僕らの頭上を旋回《せんかい》する。

「なっ……！　あれは……！」

「フレイズ……！」

太陽に輝くその水晶のボディを見間違《みまちが》えるわけがない。鮫《さめ》のような形をしたフレイズが数十体、空中を悠々《ゆうゆう》と泳いでいた。

◇　◇　◇

光《ひか》り輝く水晶《すいしょう》のボディ。そして透《す》けて見える赤く丸い核《かく》。

見間違うことのないフレイズが、僕らの頭上をゆっくりと旋回していた。

形はサメ型。数は四匹《ひき》。バスのような大きさからして中級種か？

「なんでフレイズが……!?　フレイズは邪神《じゃしん》に全て変異種に変えられてしまったのでは？」

「いえ、それはこの世界にやってきていた一部に過ぎないわ。奴らの世界……『結晶界《フレイジア》』とやらにはまだフレイズは普通にいるはずよ」

リンゼの驚く声とは対照に、リーンが冷静な声を返す。

確かにこの世界にやってきていたフレイズは、リーンの言う通り、『結晶界《フレイジア》』のごく一部なのだろう。フレイズという種族全てが変異種になったわけではない。別に絶滅《ぜつめつ》したわけではないのだ。

「だけどあのフレイズは次元の狭間から世界の結界を破ってこの世界に来たのではなく、時空の歪みから出てきた。おそらく今までの絶滅種《ぜつめつしゅ》と同じく、過去の世界からこの時代に来たんじゃないかしら」

なるほど。つまり五千年前のフレイズ大侵攻《しんこう》の時代からこの時代に引っ張られてきた、と……なんだよ、なんでそんなピンポイントな時代と繋がるかなあ！

あ、いや、過去に僕らが戦っていた時間って可能性もあるのか？

「冬夜さん……あのフレイズ、なんかおかしくありませんか？」

「え？」

ユミナに言われて改めて空を遊回するサメフレイズに視線を向ける。特に変わったところは見られないが……。変異種化しているわけでもないっぽいし……。

「目の前に私たちがいるのに攻撃《こうげき》を仕掛《しか》けてこないわね」

「あ」

そう言えばそうだ。フレイズは問答無用で人類を襲うはずなのに。

もともとあいつらの目的は……あ。

「大丈夫《だいじょうぶ》です。あれらがこちらに攻撃することはありません」

頭に思《おも》い浮かんだ人物の声がして僕が振《ふ》り向くと、そこにはネイ、リセ、リイルを連れたアリス、そしてフレイズの『王』メルの姿があった。

よく見ると遠くの木の陰《かげ》にエンデもいるな。リイルがいるから近寄れないと見た。リイルの中に眠《ねむ》るメルの弟、『ハル』の意識が浮かび上がると目の敵にされるからな、あいつ……。

「メルが止めたのか？」

彼女《かのじょ》はフレイズの元『王』にして支配種だ。当然その支配下にある中級種が逆らえるわけがない。

「いえ、私やネイたちの『響命音《きょうめいおん》』は冬夜さんの【プリズン】によって封印《ふういん》されていますから。あの者らはたぶんアリスの響命音に反応したのでしょう」

アリスの？　メルの言う通りアリスの響命音は封印してはいないけど……。

そういや僕には聞こえないけど、アリスの響命音はメルの響命音とよく似ているってエンデたちがいってたな。

「するとなにか？　こいつらはアリスがフレイズの『王』なのかそうじゃないのかわからず、戸惑《とまど》っているってことか？」

「まあ、簡単に言ってしまえばそうですね」

空を見上げると、確かにサメ型フレイズはどこに行くでもなく、うろうろとしている。まるで飼い主を見失った迷い犬のようだ。

「アリス、呼んでみたらどうですか？」

「うーん……よくわからないけど……。おーい、こっちにおいで！」

久遠に言われてアリスが叫ぶと、四体ともすーっ、と空中を泳ぐようにアリスの下へと集まってくる。

本当に大丈夫か……？　今までが今までなので、どうしても警戒してしまう。

しかしサメ型フレイズは攻撃するそぶりも見せず、ゆっくりとアリスの上空を旋回している。心なしか先ほどうろうろしていた時よりも泳ぐスピードが速く、喜んでいるように見えなくもない。

アリスが隣《となり》にいたネイになにやら吹き込まれている。

「整列！」

アリスがそう叫ぶと、キュッ、キュッ、キュッ、キュッ、と、サメ型フレイズがピタリと空中で横一列に整列した。

「上に！」

ギュン！　と、ものすごい勢いでフレイズたちが上昇《じょうしょう》していく。

「下に！」

今度はギャン！　と、下降。

「ぐるっと回って、直立！」

サメ型フレイズは地上スレスレでくるんと一回転すると、ビシッ！　とアリスの命令通り尻尾《しっぽ》を下にして直立した。

思わず、おおー……と周りのギャラリーから拍手《はくしゅ》が起こる。なんだこれ、水族館のイルカショーか。

「うむ、間違《まちが》いなくアリスを『王』と認識《にんしき》しているな。もう大丈夫だ。こいつらはアリスの命令なしで人を襲うようなことはしない」

ネイの言葉に僕らは気が抜《ぬ》けたように肩の力を抜いた。フレイズを支配する支配種が言うのだから本当に大丈夫なのだろう。

アリスは寄ってきたサメ型フレイズを笑顔《えがお》でなでなでとしている。本当にペットみたいだな……。

「リイルも触《さわ》ってみなよ！　かわいいよ！」

「え……？　う、うん……」

かわいい……？　キラキラして綺麗《きれい》ならまだわかるが、どこをどう見ればかわいいという言葉が出てくるのか……。

アリスに誘《さそ》われ、リイルもサメ型フレイズに触《ふ》れる。特に暴れるようなこともなく、ただ撫《な》でられるだけのフレイズにものすごく違和感《いわかん》を覚えてしまう。

……そういえばリイルはメルの弟であり、現『王』であるハルと同じ響命音を持つんだったな。だったら従ってもおかしくはないのか……？

フレイズの『王』縁《ゆかり》の二人は大丈夫だが、一般人《いっぱんじん》はどうなんだ？　と疑問を抱《いだ》いていると、普通《ふつう》に久遠とステフがアリスたちに交ざってフレイズを撫でていた。

……うちの子らは警戒心《けいかいしん》が無くて困る。まあ、中級種ごときがなにをしようとあの二人には敵《かな》わないだろうけども。

「冬夜さん、穴が……！」

「むっ」

リンゼの声に上空を仰《あお》ぎ見ると、時空の歪みによって開けられた穴がシュルシュルと小さくなっていくところだった。

回転しながら小さくなっていった穴は、やがてパチッ、という小さな火花を残して完全に消えてしまった。

ふう。なんとか大きな騒動にならずにすんだか。

もしこれが別の町に開いていたら、その町の人間がフレイズに襲われていたかも……いや、世界のどこに現れたとしても、アリスやリイルの響命音を追って、真《ま》っ直《す》ぐにこの国にやってきただろうな。

そう考えると次元の歪みがここに開いたのは偶然《ぐうぜん》なんだろうか？　時の流れに流された者の意思に出現場所が左右されるとかってあるのかね？

「それで……どうするの、アレ？」

「うーん……。どうするか……」

リーンが子供たちと戯《たわむ》れる（？）フレイズに視線を向けながら僕に尋《たず》ねてくる。

この世界でフレイズが暴れた記憶《きおく》はまだ新しい。そんなのを引き連れて歩いて、町の人がパニックにならなきゃいいが……。

そんな懸念《けねん》をメルたちに話してみると、

「ああ、それなら大丈夫よ。私たち支配種は配下のフレイズを別空間に飼っておけるから」

というお言葉が返ってきた。いや、飼うって。

「こう言ったら誤解を招くかもしれんが、支配種《われわれ》にとって下のフレイズどもは支配する種、もっと酷《ひど》い言い方をすれば道具にすぎない。こちらの世界で言うペットや家畜《かちく》とそう変わらんのだ」

ネイがそう説明してくれたが、ペットや家畜は道具じゃないぞ。

そういえばギラのやつが別空間から下級種を呼び出していたな。支配種が他のフレイズを収納したり、道具扱いしているのは確かなようだ。

アリスを見ているとそんな感じは一切受けないが。

まあ、アリスはいろんな意味で本当の支配種とはちょっと違っているからな……。

「お母さん、この子たちに乗っていい⁉」

「構わないけど、町の上は飛んじゃダメよ」

メルが許可を出すや否《いな》や、アリスがサメ型フレイズの上に飛び乗った。リイルも久遠《くおん》も引き摺《ず》り上げられている。ステフは自分から乗ったな。だからちょっとは警戒しろと……。

「ステフ、一応【プリズン】を周りに展開しときな」

「わかった！」

僕のアドバイスに従って、子供たちの乗ったフレイズに【プリズン】が展開する。あれならもしフレイズの背中から落ちたとしても、【プリズン】で地上への落下は防げるからな。透明《とうめい》な箱付きで空を飛ぶって感じだ。

「いってきまーす！」

元気な声を残し、アリスたちが空へと飛び上がる。フレイズを乗り物扱いか……。ジェットコースターのようなアトラクション扱いかもしれないけど。

「ある意味出てきたのが中級種で良かったのかもね。もしも五千年前の世界から支配種がこの時代に来ていたら、面倒《めんどう》なことになっていたわ」

空を見上げながら呟《つぶや》くリーンの言葉に僕は確かにそれは面倒だな、と思った。

「五千年前にいなくなった支配種とかいないよな……？」

僕《ぼく》はネイに確認するように尋ねてみる。

「いや、何人かいなくなってはいるぞ。突然《とつぜん》響命音がしなくなったので、死んだと思っていたのだが……そうか、こっちの世界に来たという可能性もあるのか」

ちょっと待て、本当にそんな可能性があるのかよ……。

「いや、何人かの支配種は古代魔法王国時代の英雄《えいゆう》と相討《あいう》ちになっていたはずだ。だから死んだというのもあながち間違いじゃないと思うよ」

ネイの言葉に眉根《まゆね》を寄せていると、博士からそれを否定するような話が飛んできた。

なんでも当時の国の英雄とやらが、ほとんど自爆紛《じばくまが》いの特攻《とっこう》で支配種と相討ちになったんだそうだ。それにより今のユーロン地方の一部が海岸線からごっそりと抉《えぐ》られたとか。

どんな自爆魔法《じばくまほう》使ったんだよ……。

というか、そこまでしないと支配種は倒《たお》せなかったということか。

フレイズ、ひいては支配種には魔法は効かない。だからこそ古代魔法王国は手の打ちようがなかったのだけども。

だからなにかしら魔法じゃない方法を使ったんだろうが……。

「その死んだという支配種は何人だ？」

「三人だな。どいつも若く、勝手な奴らだった」

僕の質問にネイが吐き捨てるように答えた。あんまりいい感情は持っていなかったっぽい。

こいつらは仲間意識で繋がっていたわけじゃないからな……。ネイとは馬が合わない奴らだったんだろう。まあネイに関してはリセ以外全員と合わなかったみたいだが。

えーっと……てことは、五千年前にこの世界を襲った支配種は、ユラにギラ、ネイにリセ、レトにルト、＋三人ってことか？

「倒されたってボクが聞いたのは二人までだなぁ。数が合わない」

「おいおい、それって……！」

「いや、あのころは本当に大変でね。他の国とまったく連絡《れんらく》がつかない状態でさ。まあ、ほとんどの国が壊滅《かいめつ》していたわけだけど……。だからボクの知らないところで倒されていても不思議はないんだよ」

世界滅亡《めつぼう》の手前までいったんだ。そりゃあ情報も入らなくなるか。果たして三人目は本当に倒されたのか、それとも……。

「ふん、あやつらの誰《だれ》が来ようと私たちに敵うわけがない。従うならよし。従わねば砕《くだ》くまでだ」

「メルたちに従う可能性が？」

「たぶん従わないと思う。ギラといつもつるんでいた奴らだし」

ネイの言葉から少しの光明を感じたのも束《つか》の間《ま》、今度はリセの言葉に僕はがっくりと肩を落とす。

ギラ《アレ》とつるんでいたなんて、もうそれでアウトだろ……。碌《ろく》な奴じゃなさそうだ。

僕がそんな懸念を浮《う》かべていると、空の彼方《かなた》でサメ型フレイズがくるんと宙返りしていた。

アリスのやつ……無茶《むちゃ》な動きさせてからに……。ステフは楽しんでいそうだけど、久遠とリイルは付き合わされて大変だな……。

まあ今回のことでどうやって過去から魔獣たちがやってくるかよくわかった。これが世界中で多発しているとしたら、かなり面倒なことになっているな。

時空の歪みができても、なにも飛び出して来ないこともあるんだろうけど、時江おばあちゃんの話だと、動く物の近くに開くことが多いらしいからな……。

それが小動物や虫とかなら問題ないんだが……。

大きな歪みやタイムトンネルになりそうなものは時江おばあちゃんが閉じてくれているから、小さなやつをどうにかしたいところだ。

「時江おばあちゃんがこの時空の歪みは次元震《しん》の影響《えいきょう》じゃなく、邪神の使徒が意図的に起こしているって言っていたけど……」

ということは、時空に干渉《かんしょう》できる能力、あるいはそう言った能力を持つ道具が向こう側にはあるってことだよな？

それってあれか？　ひょっとして向こう側の『金』の王冠《おうかん》の知識から、『黒』の王冠の王冠能力《クラウンスキル》のようなものを使える道具を作り出したとか？

時空を操《あやつ》る『黒』の王冠能力《クラウンスキル》を使えば、理論上、世界を超えたり、時間を移動することも可能なんだそうだ。

ただそれには代償《だいしょう》が凄《すさ》まじく、クロム・ランシェスが世界を渡ったときには、老人から少年まで若返ったらしい。

……これって長命種、エルフとか妖精族《ようせい》が使ったらどうなるんだろう？　使い放題とまではいかないが、何回かは時間移動ができたりするのかね？

それとも一生の何割、という感じでエルフとかでもごそっと若返ってしまうのだろうか。

当然、それをオーバーしていればエルフとて胎児《たいじ》以前まで若返って死ぬかもしれないけど。

時間に干渉する魔法《まほう》は高度だから、そうそう自由自在に使えるものじゃないけど、限定的なものなら使えないこともないしな……。僕だって【アクセル】とか使っているし。

【アクセル】を使い慣れてくると、感覚として周りの時間の動きが遅く感じる。それと同時に思考のスピードも上がるのだ。これは『時間』を多少なりとも操っているとも言える。

ま、自分の時間だけだけどさ。

あ、あと【異空間転移】があったか。アレって世界を飛び越《こ》えるだけじゃなくて、熟練すると時間もある程度は自由に超えられるらしい。

まあ、今の僕では無理だけど……。

ちょっと考えていることがあって、子供たちが未来へ帰れるようになったら、その前に

【異空間転移】で、地球の父さんや母さんに会わせてあげたいんだよね。孫の顔をさ。

あまりにも早い孫に驚《おどろ》かれるとは思うけど……。これも親孝行の一つかな、と。

妹の冬花《ふゆか》は大きくなったろうか。まだ一年も経《た》ってないからそんなに変わらないかな？　でも赤《あか》ん坊《ぼう》の成長は早いって言うしな……。ハイハイくらいはできるようになったかね？

妹の成長を確認するためにも、さっさと邪神の使徒を片付けないとな。子供たちと別れるのは辛《つら》いけど……。

◇　◇　◇

「行ってきまーす！」

サメ型フレイズの背に乗って、久遠とアリス、リイルにステフ、リンネとフレイが城の中庭から空高く舞《ま》い上がった。

すっかりあのサメ型フレイズはアリスのマイカー扱《あつか》いとなっている。いや、機械じゃないから馬扱い、か？

町の上を飛んだらダメ、とメルから言われたアリスは、町の人たちに『危険ではないよ』ということを周知するため、サメ型フレイズを横に連れたまま町を練り歩いた。

初めは慄《おのの》いていた住人たちも、少しすると慣れてしまい、今ではあまり気にしなくなっているどころか、子供たちが『乗せてー！』とちょっとした人気者だ。

危険がないわけではないので、子供たちを乗せる時は超低空飛行《ちょうていくう》（五十センチくらい）と言っておいた。

いつの間にかクーンが【モデリング】で、サメ型フレイズの背中に座席みたいなものを作って取り付けているし……いいのか、あれ。

名前も決めたらしく、ジン、テキーラ、ラム、ウォッカ……らしい。これ絶対あの呑《の》んだくれた酒神の入れ知恵《ぢえ》だろ……。

世界四大スピリッツだっけ？　どっかの殺し屋みたいな名前だが……まあサメもフレイズも似たようなもんか。

そんな中、博士から呼び出しを受けた。なんでもクロム・ランシェスの研究所で発見されたものから新事実がわかったとかで。

『研究所』に入ると、バビロン博士にエルカ技師、教授《プロフェッサー》がいた。

大きなテーブルの上には円筒形《えんとうけい》のガラスの容器が置かれている。ポリバケツほどの大きさて、中はメロンソーダのような緑の液体で満たされていた。

そしてその液体の中にはひとつの黄金のパーツが浮かんでいる。

「これってアレだよな？　拾ったゴールドの予備パーツ……」

「予備かどうかはわからないが、おそらく同一の素材でできたパーツだね。前々からもしかして、とは思っていたんだが、やはりこれは魔法生物らしい」

魔法生物？　この金色の金属が？　いや、ガーゴイルとかメタルゴーレムとか、石や金属でできた魔法生物もいるからあり得なくはないけど……。

「ゴールドの装甲《そうこう》はスライムにオリハルコンと同じ特性を持たせたものだ。どんな形にもなり、頑丈《がんじょう》で、それでいて弾性《だんせい》がある」

「スライム？　前に言ってたオリハルコンスライムってやつか？」

スライムは古代の魔法生物にして、様々な特性を持つ。世界には多種多様なスライムがいて、それはごく短期で進化するためだ。

溶岩《ようがん》地帯にマグマスライム、海岸部にマリンスライムのように、環境《かんきょう》により進化するものもいれば、ヘドロスライムやメタルスライムのように、食べる物で進化するものもいる。

また、その扱いやすさから魔法使《まほうつか》いや錬金術師《れんきんじゅつし》が新たなスライムを生み出すことも多い。

まあ、こういったスライムは大抵なにかしらのトラブルの原因になりやすいが。

僕らもそういったスライムに迷惑《めいわく》をかけられた経験がある。女の人の胸に取り付くバストスライムとか、人の頭に落ちてくるのが好きなカナダライスライムとかな……。

「スライムといっても、こいつには自由意志がない。『この形に留《とど》まれ』という上位者からの命令にずっと従っているってわけさ」

「なんだよ、それ。それじゃまるで奴隷《どれい》か道具のような……」

「魔法生物とはそういったものさ。主人に仕える作られた存在。ゴーレムやガーゴイルを見ればわかるだろう?」

う。確かに博士の言う通り、そういうものが魔法生物だ。どうもスライムなんかは比較《ひかく》的《てき》自由に動いていたりするので、魔獣なんかと同じようなものと勘違《かんちが》いしてしまうな。

「シルヴァーの話によると、クロム・ランシェスは『王冠』の代償を魔法生物に肩代《かたが》わりさせる実験をしていたそうだ。だが魔法生物には代償を受け切れる器がないことに気がついた。ではどうすればいいか? 冬夜君、バケツいっぱいに入った水を小さなコップで受け取ろうとしたら、どうすればいいと思う?」

「え? え……っと、何回か回数を分けて受け取る? あ、たくさんのコップで受け取る?」

「そう、つまりそういうことなんだ」

いや、つまりどういうことだよ!?

この場合、バケツの水が『王冠』の代償で、コップが魔法生物か？　コップに注ぐ水を何回か分ける……は毎回コップに入った水をなんとかしないといけないから違《ちが》うか。

コップをたくさん用意してそれに一つずつ注いで受け取る……。コップをたくさん？

「複数の魔法生物で代償を払《はら》う……ってことか？」

「そう。本来ゴレムには契約者《マスター》は一人。複数の人間で代償を分割《ぶんかつ》なんてのはできない。だけど、主従契約《けいやく》された魔法生物に代償を払わせるという試みはシルヴァーで成功している。なら、複数の魔法生物、それも数多《かずおお》くの魔法生物を利用できたら？　その答えがこのスライムなんだ」

おい、それって複数のスライムに『王冠能力《ゴレムスキル》』の代償を払わせるってことか？

ゴールドの機体を作る装甲の一つ一つがオリハルコンスライムだと？

「ビッグスライムという種を知っているね？　一見、大きなひとつのスライムに見えるが、実は何十匹というスライムが融合《ゆうごう》している群体のスライムだ。そしてこのオリハルコンスライムもその群体なんだよ」

「え!?　このパーツ、何匹《なんびき》ものスライムが集まったものなのか!?」

僕は緑色の液体に浮かぶ黄金の肩《かた》パーツに視線を向けた。こんな小さなパーツなのに、何匹も集まってできているのか……？　てっきりこれで一匹かと思っていたが……。小さなスライムなら不可能じゃないのかね？

「一体これに何匹のスライムが？」

「スライムの核は一匹に一つ。このパーツにもそれがある。分析《ぶんせき》の結果、このパーツだけでも三億ほどの核を内包していた」

「さん……っ……！」

そのあまりの数に絶句する。この肩パーツだけで三億ものスライムが集まってできているのか⁉

もうそれは細胞《さいぼう》と言ってもいいんじゃないだろうか。

魔法生物の群体金属。クロム・ランシェスがたどり着いたその答えが、緑色の液体の中で怪《あや》しい光を放っていた。

◇　◇　◇

この小さなパーツが三億ものスライムでできているとは到底《とうてい》信じられない。

どう見ても金属だし、スライムっぽさは全くない。だけどメタルスライム系のスライムなら、金属のような硬《かた》さを持っていてもおかしくないし、なにかに擬態《ぎたい》するようなスライムは結構存在する。

博士の言う通り、ビッグスライムのような群体の性質を持ったスライムにオリハルコンの特性を持たせれば、こういったパーツに擬態することも可能なのかもしれない。

「これってバラバラの小さなスライムに戻《もど》ったりするのか？」

「いや、もはやそれはそれ一つで結合しているから元の個体に戻ることはない。ただ生きているだけの魔法生物だ」

生きている……のか？　これで？　動きもせず、自らの意思を示すことも許されないこの状態を、僕はとても恐《おそ》ろしいものに感じた。

昔見たＳＦ映画で似たような感じを受けたことがあるな。

その映画の中で、人間たちはその世界を支配する機械のための電力としてのみ生かされていた。

人間たちは仮想空間の中で、現実世界を生活していると思わされ、真実を知ることなく一生を終えていく。

果たしてそれは幸せなことなんだろうか？　このパーツにされたスライムたちはどう感じているのだろうか……。

「無論、生きているのだから生への原始的な欲求はある。生きていくためのエサ……この場合は魔力《まりょく》だが、空気中の魔素《まそ》を取り込《こ》んで生きているわけだね。だから完全に魔素を通さない、それこそ冬夜君の【プリズン】なんかで封印すれば、おそらく数年で崩壊《ほうかい》してしまうだろうな」

益体《やくたい》もないことを考えていた僕に、博士が説明を続ける。そうか、生きているのだから食事を絶《た》たれてしまえば死んでしまうのは当たり前か。

「しかしよく五千年も生きていたな……」

「そこはほら、魔法生物だからね。シェスカなんかと同じってわけさ」

『庭園』の管理者であるシェスカは、何度か冬眠状態《コールドスリープ》をしていたそうだが、あれと同じねえ……。

そういえば博士も身体は同じ魔法生物なんだよな……。脳味噌《のうみそ》はそのままらしいから、シェスカたちよりは短命なんだろうが、それでも何千年単位で生きるらしい。

……ううむ、こいつと何千年も付き合うのか……。

「なんだいなんだい、ボクをジッと見て……。とうとう浮気《うわき》をする気になったのかい？

ボクの方はいつでも準備ができてるが、少しはムードってものを……」

「それで、このオリハルコンスライム？　なら、王冠の『代償』を肩代わりできるのか？」

恥《は》じらうようにくねくねと身をよじり、アホなことを言い出した博士を無視して、エルカ技師の方に説明を求める。

「おそらく可能だと思う。全身で何十、何百億もの生命体の塊《かたまり》だもの。充分《じゅうぶん》に代償を払うことはできると思うわ。だけど代償を払うってことは、そのスライムたちは瀕死《ひんし》の状態に追い込まれる、あるいは死ぬってことにもなりかねないわ。契約者が無事でも『金』の王冠は無事では済まないかもね」

契約者が払うべき『代償』をゴレムが肩代わりするってことか。コンセプトは『銀』の王冠の時と同じなんだな。

「自分の都合のいいようにゴレムを犠牲《ぎせい》にする……あまりワシは好かんやり方じゃのう。まあ、クロム・ランシェスはそこまでして世界の壁《かべ》を超えたかったんじゃろうが……」

教授《プロフェッサー》が深く考え込《かんが》むように白く長い顎鬚《あごひげ》を撫でる。

クロム・ランシェスはフレイズに襲《おそ》われて今まさに滅《ほろ》ぼうとしている世界から、自分の生まれた世界に逃《に》げようとしていた。

おそらくそれは奥《おく》さんや子供、家族を死なせないための手段だったのだろうが……。

僕だってこの世界が滅ぶことになったら、家族だけでも地球に移住させようと考えるだろう。その手段があるのなら、なにをもってしても成《な》し遂《と》げようとするのは、そんなにおかしいことじゃないとも思う。

「ひとつ、気になる事がある。冬夜君、ヴァールアルブスの探査球が『方舟《アーク》』に潜入《せんにゅう》した際に見たあのスライム……グラトニースライムを覚えているかい？」

「グラトニースライム？　ああ、あの赤い液体状になっていたやつ……」

……待てよ？　グラトニースライム？　ここに来てまたスライムだ？　これは偶然か？

「グラトニースライムはもともと廃棄《はいき》処理用のスライムだった。しかしその旺盛《おうせい》過ぎる食欲から、ひとたび暴走するとなんでも食《く》らって吸収し、小国一つを丸呑《まるの》みにしてしまうほどのスライムに進化したんだ。魔法生物としての生への執着《しゅうちゃく》は他のスライムを遥《はる》かに凌駕《りょうが》する。もしかしてと思うが……」

「グラトニースライムをオリハルコン化し、さらに何かを作り出そうとしてるのか？」

国を一つ呑み込むほどのスライムだ。その食欲はとんでもないだろう。そんなスライムならば『代償』を払うことも可能なのかもしれない。

「『金』の王冠の追加装備……とかを作ろうとしているのかしら？　王冠能力《クラウンスキル》を多く使えるような」

「あり得るね。グラトニースライムは王冠能力《クラウンスキル》を使うためのマナタンクのような使い方ができると思う」

「ふむ、確かに普通のスライムをオリハルコン化するより、そのグラトニースライムの方が遥かに質が良いものを作れるであろうな。しかしその場合……」

論じ合う天才たちをよそに、僕は黄金の肩パーツを眺《なが》めながら、時を超《こ》えてクロム・ランシェスの執念《しゅうねん》というべきものを感じていた。

◇◇◇

中庭でステフと遊ぶゴールドを遠目に見ながら、僕はなんとも言えない気持ちになっていた。

アレがスライムの塊かぁ……。

いや、別に全部が全部スライムじゃないとは思うけど。

おそらく金色の装甲部分だけで、内部フレームは普通の素材だと思うんだが。

数多《あまた》の生命体を宿したオリハルコンの特性を持つ装甲……。それは契約者《マスター》から『王冠』の代償を払わせない盾《たて》として機能する。

つまりはステフにも王冠能力《クラウンスキル》を使うことができるということだ。

まあその際はゴールドが犠牲になるわけだが……。

しかしながら、『金』の王冠自体には王冠能力《クラウンスキル》はない、とゴールドは言っていた。

ということは王冠能力《クラウンスキル》を発動する、『別のなにか』が必要なはずなんだ。

ここ最近起きている時空の歪《ゆが》み……。これはやはり向こうにいるもう一つの『金』の王冠が、時空に干渉する王冠能力《クラウンスキル》を使っているからじゃないのか……？

「難しい顔をしてどうしたのじゃ？」

僕がむむむ、と顔をしかめていると、いつの間にか向かいの席にスゥが座《すわ》っていた。

「いや、ステフたちを無事に未来へ返してやりたいと思ってさ」

久遠やアリス、リイルたちと遊ぶステフを眺めながら、そんなことをスゥに答える。そのためには邪神の使徒をなんとかしないといけない。

少しずつ奴《やつ》らへの包囲網《ほういもう》は完成しつつある。土壇場《どたんば》で逃げられたりしないように、ここからはさらに慎重《しんちょう》に事を進めないといけないな。

「わらわは少し不満なのじゃ。ステフは一番最後に来たんじゃぞ？　皆《みな》と同じようにもっと一緒《いっしょ》にいたかったのじゃ」

うん、まあそればっかりはなあ。ステフがスマホを落とさなければすぐに迎《むか》えに行けたんだけれども。

「未来に帰したら次に会えるのはいつになるかのう……。生まれてきても、ここでの話をできるのはさらに五年後になるんじゃな……」

スゥの視線が久遠たちと遊ぶステフへと向けられる。

一番上の八雲が十一歳《さい》だ。ステフは五歳。どんなに最短だって、ステフが過去に行き未来に戻ってくるまで十年以上は先になる。

だけど未来の僕たちはその十年以上を待ったんだ。ちゃんと帰してあげないとな。

「その時にたくさん話せるように、今のうちにもっと思い出を作らないとね」

「そうじゃな！　わらわももっとステフと遊ぶぞ！　そして大人になってステフが過去から帰ってきた時に、たくさんたくさん楽しい話をするのじゃ！」

そう言ってスゥが立ち上がり、ステフの下へと走っていった。二人は十歳も離《はな》れていないので、本当に母娘《おやこ》というよりは歳の離れた姉妹《しまい》のように見えるな。

「『武装《イクイップ》』！」

ぶっ⁉

ステフと話していたスゥが自分のスマホを空へ翳《かざ》すと、光に包まれて黄色の戦闘服《せんとうふく》姿に変身した。

「うわあー！　やっぱりカッコいい！」

「そうじゃろ、そうじゃろ！」

キラキラとしたまばゆい笑顔を向ける娘に、腰《こし》に手をやり仁王《におう》立ちして胸を張る母親。

いいのか、それで……。

後ろにいる久遠が困ったような笑顔を浮かべているぞ。あれ、アリスとリイルはステフと同じようなキラキラとした目で見ているな……。

いや、あの年頃《としごろ》の子供なら、変身的なものに憧《あこが》れてもおかしくないものなのかな……？

かく言う僕も幼少期には変身ベルトで遊んだ記憶がある。

男の子は特撮《とくさつ》ヒーローとか、女の子は魔法少女とかに憧れるのは普通のことなのかね？

だけどテレビで見たわけでもないのに……あ、いや、未来でそういった番組や映画を僕が見せたのか？

そもそもうちの娘って全員魔法少女なんだけど……。まあ、変身はしないけどさ。

「変身願望というものは誰しも持っているものです」

「うわっ!?　びっくりした！」

いつの間にか僕の隣にリンゼが立っていた。神様たちにはよくやられるが、まさかリンゼにやられるとは。

うちの嫁《よめ》さんらは普通に気配を断つことができるから怖《こわ》い……。というか、いま僕の心を読まなかった？

「いつもと違う自分になりたい、憧れのあの人と同じ姿になってみたい……。そういった願望を持つことは何もおかしくはありません。外見を変えたりや化粧《けしよう》をすることで、性格や気持ちを前向きに、ひいては人生をも前向きにすることができるのです」

「……ひょっとして、コスプレ雑誌とか読んだ？」

熱く語るリンゼに、僕はそういえば地球から持ち込んだ本にそんなのがあったな、と思い出した。

いろんな衣裳《いしよう》を作ったりしているリンゼだが、最近はなにかのアニメや漫画《まんが》の衣裳を作ることも多くなった。

もともとこの世界自体がファンタジーな世界だから、大抵《たいてい》は違和感なく受け入れられている。

どっちかというと、アニメやゲームキャラの衣裳より、婦人警官とかＯＬスーツとかの方がコスプレっぽく感じるくらいだ。僕だけだろうけども。

「子供たちにもそういった前向きな気持ちになってほしい。そう思いまして。これを」

「うわ、なにこれ⁉　上手《うま》っ！」

リンゼが差し出してきたスケッチブックには子供たちの衣裳のデザイン画が描《えが》かれていた。

というか、びっくりするくらい絵が上手《うま》い。リンゼってこんなに絵が上手かったっけ⁉

これを言ったら落ち込むだろうが、漫画家《まんがか》である僕の父さんより上手いと思う……。

この世界の絵というと写実的な物が多いが、リンゼの絵柄《えがら》は漫画やイラスト寄りだ。おそらくこれは地球の、というか日本の？　漫画やイラストに影響を受けたのだろうと思う。

僕と出会うまでリンゼは絵など描いたことがなかったと言っていたから、わずかこの数年でここまで上達したということか？　天才じゃなかろうか……。

スケッチブックにはいわゆる魔法少女的なイラストが何パターンも描いてあった。これはすごいな……。

「バビロン博士の作ったシステムを使えば、本当に変身することが可能です。未来に帰る前に子供たちにこれを作ってあげたくて」

いや、確かに君らの戦闘服のように変身はできるんだろうけどさ……。

この服を着る意味は？　別に強化服ってわけじゃないいんだろ？　正体を隠《かく》すための服っ

てわけでもないだろうし。それに変身するシステムっている？　普通に着替《きが》えればよくない？

「この服を着た子供たちを見たくありませんか？」

「見たいです」

リンゼの言葉に即答《そくとう》する僕。そんなの見たくないわけないじゃないか。どれもこれも可愛《かわい》い服だ。きっとうちの子たちにとても似合うと思う。

リンゼがスケッチブックに描かれている服の一つを指差す。

「一応こちらのデザインで九人分の衣裳を作ってます。細部をもう少し詰《つ》める必要がありますけど」

「へぇー……ちょっと待って。九人分？」

九人分って久遠の分もか？　え、魔法少女のコスチュームだろ？

「大丈夫《だいじょうぶ》です。久遠ならイケます」

「いやいやいや！　そこは勘弁《かんべん》してあげて！」

そりゃあ久遠は母親であるユミナに似て、女の子っぽい顔立ちはしているけどさ！

小さくても男の子。女の子の服を着るのは恥ずかしいと思っているはずだ。お父さんにはわかっているぞ。

「一番大事なのは、『似合っているか、いないか』なんです。男の子だとか女の子だとか……そんなことは些細《ささい》なことですよ。地球の本にも『男の娘《こ》』ってあったじゃないですか」

あかん、リンゼの目が本気だ。ここで僕が粘《ねば》らねば久遠が男の娘《こ》にされてしまう。息子《むすこ》の幼少期に変なトラウマを背負わせるわけには……！

いや……でも、久遠が望むならアリなのか？　女装癖《じょそうへき》……というか、男の子が可愛いものを着たい、と思っても、それ自体はおかしいことではない。

もしそうならば、理解力のある親にならなければ。きちんと確認《かくにん》を取った上で判断しよう。

ステフらと遊んでいた久遠を呼び寄せる。

「そういうことなんだけど、久遠はこういう服を着てみたいかな？」

「着たくないです」

おうふ。瞬殺《しゅんさつ》だ。

苦い顔をして答える久遠にリンゼが説得を試みる。

「この服を着た久遠はとても可愛いと思うんです！」

「服は可愛いと思いますが、僕は着たいとは思いません」

「ユミナさんもきっと喜びますよ！　これも一つの親孝行だと……！」

「間違《まちが》いなく母上は喜ぶと思いますが、僕は着たいとは思いません」

リンゼの必死の説得を久遠がお得意の笑顔《えがお》で迎撃《げいげき》していく。取り付く島もないとはこのことか。気持ちはわかるが。

やがてリンゼも諦《あきら》めて、残念そうにため息をついた。

「せっかく九人分作ったんですけど……」

「でしたら僕の分はアリスに……ああ、そうなるとリイルの分も必要になりますか。リンゼ母様ならもう一着くらい作れますよね？」

「作れます！」

久遠は逃《のが》したが、これはこれで！　とばかりに意気込《いきご》むリンゼ。作れればもうなんでもいいんだな？

まあこの衣裳を着た娘たちの姿は僕も見たい。子供にコスプレさせる親の気持ちが少しだけわかったような気がした。

善は急げとばかりに、リンゼがアリスとリイルを引っ張ってきて、どこからか取り出したメジャーで採寸を始めた。なんかもう手慣れたもんだ。

「変身アイテムはなにがいいですかね……やはり魔法の杖《つえ》？　いえ、女の子らしくコンパクト？　変化球で香水瓶《こうすいびん》ってのも……」

ブツブツと一人の世界に入ってしまったリンゼに、こりゃ長くなりそうだと僕は空を仰いだ。

「何事もなくてよかったです」

「いやはや面目《めんぼく》ない。寄る年波には勝てんな」

ベッドの上で上半身を起こしたレグルス皇帝陛下《こうてい》は少しやつれたようだが顔色は良く、見た限りでは大丈夫そうだった。

「突然倒《とつぜんたお》れたなんて電話が来るものだから、びっくりしたんですのよ？　それが単なる食あたりって！　もう少し健康に気をつけてもらいませんと！」

「う、うむ。ついつい食べ過ぎてしまってな……。そう怒《おこ》るな」

ぷんすかと怒る娘のルーに、皇帝陛下はたじたじだ。

なんでも初めて食べる料理が美味《うま》かったのでたくさん食べたらお腹《なか》を壊《こわ》したらしい。医者の見立てではどうにも体質に合わなかったようだ。食物アレルギーかもしれない。食物アレルギーは症状《しょうじょう》が個人によってバラバラだからなんとも言えないが、軽い症状でよかったよ。

「お祖父様《じいさま》、早く元気になって下さいませ」

「おうおう、アーシアにそう言われては、早く元気にならんといかんな」

孫にデレデレとした皇帝陛下の表情に、呆《あき》れたと言わんばかりにルーが頭を押《お》さえてため息を漏《も》らす。すっかり孫馬鹿になってしまっているな……。

というか、アーシアが来た未来ではまだ皇帝陛下は御存命《ごぞんめい》だったんだよな。帝位《ていい》は譲《ゆず》っていたみたいだけど。となると、だいぶ長生きするんじゃないかな……。

「お祖父様の今日のお昼は私《わたくし》が作りますわ。医食同源、お祖父様の体調は私《わたくし》が守ります！」

「また勝手なことを……。アーシア、城の料理人の迷惑になるでしょう？」

「いや、問題ないぞ。孫の手料理だ。喜んで食べるぞ」

お腹壊して寝込《ねこ》んだのに大丈夫かね？

まあ、アーシアもそこらへんはわかっているから、消化に良いものを作るとは思うけど……。

一旦《いったん》皇帝陛下の自室を退去して、お城の厨房《ちゅうぼう》へと向かう。

レグルス帝城《ていじょう》のコック長はルーの配信するお料理レシピの信者で、嫌《いや》な顔ひとつせずどうぞどうぞと使用許可をくれた。有名人だな。いや、もともとここのお姫様《ひめさま》か。

「それで？　何を作るつもりなんですの？」

「もちろん消化のいいものですわ。『にゅうめん』を作りたいと思います」

「なるほど。にゅうめんか」

「にゅうめんってなんですの？」

アーシアの言葉に僕《ぼく》は納得《なっとく》したが、ルーはキョトンとしている。あれ？　にゅうめんって教えてないっけ？

アーシアが知っているということはこれからルーが覚える料理だったのか。それをルーがアーシアに教えて、そのアーシアが過去に来てルーに教え……？　あれ？　またタイムパラドックス……？

ま、まあいいや。時江《ときえ》おばあちゃん配下の時の精霊《せいれい》たちがなんとかしてくれるだろ……。

「にゅうめんとはわかりやすく言えば、温かい出汁《だし》でそうめんを煮《に》たものです。消化によく、するすると食べられて、胃の負担が小さく済みます」

「なるほど。そうめんですか。確かに胃に優《やさ》しそうですね」

確かににゅうめんは『煮麺《にゅうめん》』と書くはずだ。そうめんを煮た柔《やわ》らかい麺《めん》は消化にもいいと思う。

「今回は具《ぐ》沢山《だくさん》な感じなのは避《さ》けて、シンプルなものにしましょう。お母様、麺を煮てもらえますか？」

「わかりました」

ルーが鍋《なべ》に入ったたっぷりのお湯で、スマホの【ストレージ】から取り出したそうめんの乾麺《かんめん》を入れていく。

その横でアーシアはかまぼこ、椎茸《しいたけ》、ミツバ、ほうれん草を刻み、厨房にあった出汁でスープを作っていった。

茹《ゆ》で上がった麺を木の器に入れ、その上に具をのせ、スープを注ぎ、最後に柚子《ゆず》の皮を削《けず》ったものをパラリと。

僕らも御相伴《ごしょうばん》にあずかるため、計四つのにゅうめんを作り上げたアーシアが、それをワゴンに載せて再び皇帝陛下の寝室《しんしつ》へと戻った。

「ほう。麺類《めんるい》か。これはそうめんかな？」

「そうですわ。そうめんを煮込《にこ》んだ料理で、にゅうめんと言います」

「冷たいそうめんはブリュンヒルドでご馳走《ちそう》になったことがあったが、温かいのは初めてだな」

皇帝陛下は寝台《しんだい》に腰掛《こしか》けたまま、サイドテーブルにトレイごと置かれたにゅうめんの器を手に取った。

木のフォークで持ち上げたにゅうめんをふうふうと冷まし、するると口の中へと入れる。

「うむ……。優しい味じゃ。柔らかな麺がするすると入っていくのう。スープも美味い。このほのかな香りも良いの」

「柚子の香りですわ」

皇帝陛下に微笑《ほほえ》むアーシアを横目に、僕もにゅうめんを一口いただく。

うん、美味い。これなら食欲が無くても食べられるし、消化にも良さそうだ。スープも出汁が効いてるな。

僕と同じく、隣《となり》でもぐもぐとにゅうめんを食べていたルーがぼそりと口を開いた。

「……鶏肉《とりにく》を入れるとさらに美味《おい》しくなると思いますね」

「こ、今回はお祖父様の体調を考えて入れなかったんですわ！」

「わかってます。だからといって私たちのだけ入れてしまうとお父様が拗《す》ねると考えて、こちらにも入れなかったのですよね？」

「余はそこまで意地汚《いじきたな》くはないぞ……？」

娘と孫娘《まごむすめ》の会話をなんとも言えない表情で見ながらにゅうめんをすする皇帝陛下。確かにここに鶏肉が入っていたらさらに美味しくなっただろうなあ。無くても充分に美味しいけどさ。

優しい味のにゅうめんを堪能《たんのう》した僕らはレグルスの城を辞することにした。だいぶ本調子になってきたとはいえ、皇帝陛下も身体を休めた方がいいだろうし。

にゅうめんのレシピは料理長に渡《わた》してきたので、これからも食べられるはずだ。

「あ、おかえりー。皇帝陛下、大丈夫だった？」

「大丈夫でしたわ。ちょっとお腹を壊しただけで」

レグルスから帰って来ると、城のリビングにはエルゼとエルナの母娘《おやこ》と、リンゼとリンネの母娘《おやこ》がいた。

もっともリンネはソファに座るエルゼの膝《ひざ》を枕《まくら》にして寝《ね》こけていたが。

エルナはリンゼと一緒に編み物をしているようだった。編み物……か？　なんか人形みたいな形をしているけど……。

「さて、私は夕食の用意をしてきますわ。お昼はクレアさんに任せっぱなしになってしまいましたし」

ルーがすぐさま厨房へと向かおうとする。いや、クレアさんがコック長だからな？　ルーは王妃《おうひ》様で、本来厨房に立つ必要はないんだけども。

まあ、料理はルーの趣味《しゅみ》でもあるし、クレアさんも助かっているそうだからあえて口は挟《はさ》まないけどさ。

「お母様、私《わたくし》も手伝いますわ！　ちょっといいアイデアが浮《う》かびましたの」

ルーとアーシアが連れ立ってリビングを出て行った。アイデアってにゅうめんのだろうか。昼、夜と続けてにゅうめんなのはちょっと味気ないんだけどな……。

「できた！」

「うん、よくできてるよ。かわいい」

エルナが編み上げたものを両手で掲《かか》げ、隣にいたリンゼが褒《ほ》める。それはウサギの形をしたぬいぐるみだった。

「ぬいぐるみを作ってたのか？」

「あみぐるみって言うんですよ。布を使わず外側は毛糸だけで作って、綿を詰めて作るぬいぐるみです。ぬいぐるみより簡単で色々とアレンジしやすいんですよ」

そう言ってリンゼが作ったであろう、あみぐるみ？ を僕に見せてくれた。……こっちもウサギだが、なんともハードボイルドなウサギだな……。なんで黒スーツに白いマフラーを首にかけてんの？ ウサギマフィアのボスかよ。

それに対してエルナの作ったウサギは青いシャツを着たかわいいウサギだ。思わずピーターと名付けたくなる。

「はい、お母さん！ プレゼント！」

「えっ、あたしに？ わ、ありがとう、エルナ！」

エルナにウサギを手渡《てわた》されたエルゼが、もう蕩《とろ》けんばかりの笑顔でそれを受け取る。

勢い余って思わずエルナに抱《だ》きつこうとしたエルゼだったが、膝で寝るリンネに気付き、もどかしそうに手をジタバタさせた。あーもう、仕方ないな。

「【レビテーション】」

「んにゃ……」

リンネの身体がふわっとソファから浮き、こちらへとやってくる。リンネの枕から解放されたエルゼがエルナをぎゅーっと抱きしめた。

実はかわいいもの好きなエルゼが、かわいい娘からかわいいプレゼントを貰《もら》ったらそりゃ嬉《うれ》しいに決まってるよな。

僕は寝ているリンネを反対側のソファへと移動させ、クッションを枕にして横たえる。

そして未《いま》だにぎゅうぎゅうとハグし続けるエルゼをべりっとエルナから引き剥《は》がす。

「エルナが苦しがってるから、そこまで」

「あーん！」

名残《なご》り惜《お》しそうに手をジタバタとさせるエルゼとホッと胸を撫《な》で下ろしているエルナ。

このお母さんはスキンシップが激しくていけない。

「あまり構い倒《たお》すと嫌《きら》われるぞ……？」

エルゼにだけ聞こえるように、背後からぼそっと呟《つぶや》くとジタバタしていた手がピタリと止まった。

「エ、エルナ、ごめんね？　お母さん嬉しくってつい……」

「ううん、そんなに喜んでくれて私も嬉しい」

「〜〜〜っ！　エルっ……ぐっ⁉」

また娘に抱きつこうとしたエルゼの襟首《えりくび》を掴《つか》んで止める。なんだろう。子供よりお母さんの方が面倒《めんどう》だ。

僕らのやりとりを苦笑いしながら見ていたリンゼがふと、スカートのポケットから振動《しんどう》するスマホを取り出して誰《だれ》かと話し出す。電話か？　誰からだろ。

「はい、もしもし……え！　できましたか⁉　はい……はい、わかりました、今から取りに行きます！」

急に笑顔になりテンションが上がったリンゼに、僕とエルゼが顔を見合わす。なんだ？

ピッ、とウキウキした様子のリンゼが電話を切り、こちらへと視線を向ける。

「バビロン博士からです。頼《たの》んでおいた子供たちの変身アイテムができたそうで！　冬夜《とうや》さん、バビロンまで連れて行ってもらえますか！」

え、変身アイテムって、前に言ってた魔法《まほう》少女のか？　あれ、本気だったの⁉

「さあさあさあ、行きますよ！　急いで！」

「えっ、ちょっと⁉　あっ、強い強い、わかったから！　引っ張らないで！」

興奮気味にぐいぐいと腕《うで》を引っ張るリンゼに抵抗《ていこう》できない。本気や。この人本気で来てはる。

僕は半ば強制的に【ゲート】を開くことになり、そのままバビロンへと転移した。

◇　◇　◇

「これがそのブレスレット？」

「そう。コンパクトとか香水瓶なんて案もあったんだけど、結局これにした。あの子たちだと無くしそうだからね」

博士の言葉に反論ができない。こっちに来る際にスマホを落とした子がけっこういたからな……。

「使い方は？」

「魔力を込めてキーワードを言えば、あらかじめ収納しておいた服と身につけている服が入れ替《か》わる。リクエストにあったエフェクトも発動するようにしておいたよ」

使い方をリンゼに説明する博士。エフェクトってなにさ……。確かにこれは変身アイテムだな。ある意味夢の道具とも言える。

パジャマ、私服、公式の服と入れとけばかなり便利なのではなかろうか。

「こんなのよく作ったな……」

「もともと早着替《はやきが》えの魔道具《アーティファクト》は『蔵《くら》』にあったからね。それをちょっと改良しただけで、リンゼ君らのスーツと同じシステムだよ」

元になったものがあるならそこまで難しくはないのか。『工房《こうぼう》』でコピーすれば簡単に複製できるしな。

「で、変身するキーワードは何にしましょう？」

リンゼがブレスレットを手に鼻息荒《あら》く迫《せま》って来るが、そんなに気合い入れて考えることか？

「えーっと……『変身』、とかでいいんじゃないの？」

「ダメダメです」

「ダメダメだね」

僕がそう答えると、リンゼと博士が呆れたように深い溜息《ためいき》をついた。なんだよう。

「いいですか？　男の子ならそれでＯＫかもしれませんが、女の子が変身する時はそれではインパクトが弱いです。もっと目立つ言葉じゃないと」

インパクト、とは……？　そもそもインパクトを与《あた》えるって誰にさ……？　僕らに？

「『キラキラハート・バビロン・ウェイヴ』でどうかな？」

「カッコいい系ですね。ですが『ぴむぴむぴぴるん、ぴるるるる、ぱむぱむぱぱれる、ぱるるるる』など、擬音《ぎおん》系もアリなんじゃないかと……」

ぴむ……なんだって？

どうしよう、うちの奥さんが意味不明なことを言い出した……。

「変身するのは君らの娘たちなんだから、彼女《かのじょ》らに決めさせたらどうだい？」

「そうですね！　いくつかの候補から決めてもらいましょう！」

そう言うとリンゼは手にしたスマホにいくつかの呪文《じゅもん》？　のような言葉を入力し始めた。

そんなに候補があるのか……？

僕のことはそっちのけで盛り上がる二人に、どうしたもんかと頭を抱《かか》えた。

◇◇◇

「【きらきらはーと・ばびろん・うぇいぶ】！」

ステフが元気に変身のキーワードを唱え、ブレスレットをした手を天へと翳す。あ、結局それになったんだ？

ブレスレットから飛び出した光の球がステフを包み込《こ》む。

首元の光が弾《はじ》けたと思ったらリボンになり、足に靴《くつ》が、腰にスカートが、と、パパパパンッ！　と光の粒《つぶ》が弾けるたびにステフの姿が変わっていく。

やがてツーサイドアップだった髪型《かみがた》がツインテールにシュルッと変化した。髪型まで変わるのか……。

一際《ひときわ》大きく、パン！　と光が弾けると、その手に小さなステッキを持つ、黄色い魔法少女チックな衣裳《いしょう》に変身したステフの姿があった。

「おお！　可愛いぞ、ステフ！」

「えへへ」

手放しで褒めるスゥに、ステフは照れたようにはにかむ。うん、確かに可愛い。それは紛《まが》うことなき事実だ。

僕は隣で満足そうに頷《うなず》いている博士に尋《たず》ねる。

「あの服にはなにか特殊《とくしゅ》な効果が？」

「魔法・物理、どちらにも高い耐性《たいせい》がある。そんじょそこらの鎧《よろい》より遥かに高性能だよ。さらに認識阻害《にんしきそがい》の付与《ふよ》もされているから、知り合いに見られてもまず気付かれない」

「僕らには普通《ふつう》にステフだとわかるけど……」

「君や奥《おく》さんたちの魔法耐性《まほうたいせい》を一般《いっぱん》の人間と比べないでくれよ。他国の宮廷魔術師《きゅうていまじゅつし》でも欺《あざむ》ける認識阻害だけど、君らにはほとんど効果はないんだから」

なるほど。僕らには認識阻害の効果がかかりにくい……というか、かからないのか。僕やクーンの【ミラージュ】くらいのレベルにならないと効果はないか。

ちら、とアイスブルーの衣裳に身を包んだアリスと、同じようにミントブルーの衣裳に身を包んだリイルの方を見る。

二人を褒めそやす支配種《フレイズ》三人娘に、リイルがいるため、遠くから悔《くや》しそうにスマホのカメラで写真を撮《と》っているエンデもおそらく認識阻害が効いてないな。

僕がそんなことを考えている間に、子供たちが次々と変身していく。

「き、【キラキラハート・バビロン・ヴェイヴ】……？」

多分に照れが入った声で八雲《やくも》が変身する。ステフと同じような感じのコスチュームであるが、薄紫《うすむらさき》と色が違《ちが》う。髪型も変わっていて、ストレートだった八雲の髪《かみ》は、ゆるふわなウェーブがかかっていた。

うん、違う髪型も新鮮《しんせん》だな。

「なかなか似合っているでござるよ、八雲」

感心したように頷く八重《やえ》に視線を向けつつ、八雲は顔を赤くしてスカートの裾《すそ》を引っ張っている。

「やっぱりこれスカートが短いと思うんですけど……」

「大丈夫。認識阻害されているから、たとえパンツが見えたとしても記憶《きおく》には残らないから」

「そういうことじゃなくて！」

八雲の言葉に博士が爽《さわ》やかな笑顔でサムズアップして答える。

普段《ふだん》から八雲は袴《はかま》だからなあ。スカートには抵抗があるのかもしれない。

「どうしてもというのなら追加装備にスパッツがあるよ。ブレスレットの横にある青い水《すい》晶《しょう》に触《ふ》れるといい」

「もう、それを早く……！」

八雲がブレスレットを操作すると、一瞬《いっしゅん》だけ腰元《こしもと》が光って弾ける。スカートからチラリと見えるか見えないくらいの短いスパッツが装備されたようだ。

安心したのか、八雲がホッと小さな息を吐《は》く。

まあ、親としてもその方が安心かな……。認識阻害があるとはいえ、魔法耐性が高い奴なら見えるってことだろ？

奥さんたちやメルたちなら問題ないが、エンデの野郎《やろう》にも見えてしまうのかと思うと……！　今のうちに目を潰《つぶ》しておこうか……？

エンデも同じことを考えたのか、アリスにスパッツを装備するようにメールを送ったようだ。アリスは飛んだり跳《は》ねたり、他より動くからな……。

やがてうちの娘たち八人と、アリスにリイルを足した十人の魔法少女が爆誕《ばくたん》した。変身しなくても元から魔法少女ではあるのだが。

みんな同じような系統の服に見えて、細かいところでそれぞれ個性がある。

「全く同じもので色違《いろちが》い、では制服と変わりませんから。そこはこだわりました」

「こだわりましたか……」

ドヤ顔で語るリンゼに僕は熱い情熱を感じ、なんともいえない気持ちになる。いや、いいんだけどね。みんな可愛いし……。

「こうなると性能も試《ため》してみたいね」

博士が余計なことを言い出した。ほらー、リンネとかアリスとかステフあたりがその気になっちゃったじゃん……。

「性能と言ってもな。騎士団《きしだん》の連中と試合でもさせてみるか？」

僕が無難な提案をすると、リンゼが不満なのか、うーん、と小さく唸《うな》った。

「冬夜《とうや》さん、悪い怪人とか出せませんか？」

「無茶《むちゃ》言うなや」

なんだよ、悪い怪人って。しかもそのパターンでいったら、僕が怪人の親玉になるだろ。

リンゼの無茶《む》振《ちゃぶ》りに呆れていると（まあリンゼも冗談《じょうだん》で言っているんだろうが）、博士がなんでもないことのように口を開いた。

「出せるよ、怪人」

お前が親玉かよ。なんかピッタリだよ、イメージは。悪の科学者みたいで。

「以前みんなと使った箱庭シリーズで、そういったものがあるんだよ。元は警備員の訓練をするためのものだけど、設定をちょっといじれば襲撃者《しゅうげきしゃ》を怪人っぽいのに変えられると思う」

「箱庭シリーズってあれか？　前にみんなで入った遊園地とかが疑似《ぎじ》体験できるやつ……

安全なのか?」

「遊園地の時もそうだけど、ちゃんと安全性は保たれているし、本当に危ない時は強制退出されるから問題ないよ。訓練ステージやシナリオもこっちで設定できるし」

博士の言葉にほうほう、とリンゼが食いついた。

「ある程度、舞台《ぶたい》の設定ができるということですか? お城に侵入《しんにゅう》した怪人を倒すとか、町中で暴れている怪人を倒すとか?」

「できるよ。安全にかつ、スリリングに演出することもね。もともとは訓練用だから」

「なるほど。では……」

博士とリンゼがなにやら打ち合わせを始めてしまった。こうなると長いぞ……。

二人は放っておいて、魔法少女の衣裳に身を包んだ子供たちを、パシャパシャと撮影《さつえい》する親たちの中に僕も交ぜてもらうとしよう。うむ、いい笑顔だ。

◇◇◇

「おお……？　これはちょっとすごいな……！」

僕は『研究所』に置かれた博士が作ったという箱庭を見て、感嘆《かんたん》のため息を漏らした。

ブリュンビルドの城下町がそっくりそのまま再現されている。違うところといえば、住人が全くいないというところか。いや、いることはいるんだけど、色がないというか。

立体映像なのかなんなのか、まるでモノクロ映画の俳優のような色合いだ。

「あまり現実感を出し過ぎてもなにかと問題があるからね。ま、正直にいうとそこまで手が回らなかった。さすがに住人一人一人のデータをインプットするのは骨が折れる」

博士が苦笑《くしょう》しながら答える。さすがに僕も子供たちのお遊びの訓練にそこまでやれとは言わない。

それでも住人たちは本物のように街を歩き、笑い合い、それぞれの生活を営んでいる。疑似的《ぎじてき》なものであっても生きているように錯覚《さっかく》してしまうほどだ。

「で、この箱庭を使ってどんな訓練をするんだ？」

「いろいろ考えたんですけど、子供たちには手加減を覚えてもらおうと思って」

「手加減？」

手加減となっ？　僕がよくわからないといった顔をしていると、苦笑しながらリンゼとユミナが説明を始める。

「あの子たちの力は普通の力じゃありません。だからこそ手加減が必要だと思います」

「魔獣《まじゅう》などならやり過ぎても素材が損傷する程度で済みますけど……相手が人間だった場合、取り返しのつかないことになりかねないわけです」

「む……」

二人の言わんとしていることがわかった。

確かにあの子たちは強い。だけどその力は一歩間違えれば大変なことになりかねない。たとえ人間であっても強盗《ごうとう》殺人を繰《く》り返す盗賊《とうぞく》や山賊《さんぞく》になら遠慮《えんりょ》はいらないと思うが、置き引きや食《く》い逃《に》げなど、軽い犯罪なのに、間違えれば殺してしまうことにだってあり得なくはないのだ。

この世界には回復魔法があるから、死んでさえなければなんとかなったりする。（実際には高い治療費《ちりようひ》がかかったりもするが）だからって思い切りぶちのめしてもいいなんてことはない。

「なるほど。捕縛《ほばく》術を身につけさせようというのですね？」

「八雲なら峰《みね》打ちで相手を無力化できそうでござるが……あ、いや、骨の一本くらい折りそうでござるな……」

リンゼたちの話を理解し、頷くヒルダの横で、自らの娘《むすめ》をいまいち擁護《ようご》してあげられない八重が、ううーん……と難しそうな顔をする。

「リンネも【グラビティ】を使えば抑《おさ》えつけることができそうですけど……。勢い余って、ぐしゃっとやりかねない……」

「ステフものう……。【アクセル】で突《つ》っ込んでいくだけが戦法ではないと思うのじゃが……」

リンゼとスゥも八重の隣で同じような表情を浮かべていた。確かにあの子らは力加減が難しそうだ。

「捕縛術というけど、あの魔法少女装備ってなんか特殊な効果があるのか？」

「服自体には認識阻害の付与と斬撃・打撃《だげき》・耐熱《たいねつ》・耐寒《たいかん》・耐魔《たいま》の付与がかけられている。身が軽くなる軽身の付与もね。そして杖の方だが……」

博士は手にした短いパステルピンクの杖を、横にいた『研究所』の管理人・ティカに押し付ける。と、キュオッ、と小さな音がして、光の輪がティカを拘束《こうそく》してしまった。

「博士？」

「とまあ、こうして捕縛することができる。触れないといけないし、対象が動いていると逃げられてしまうから、相手を無力化して動けなくしていないといけないけどね」

ほうほう。これはうちの警邏《けいら》騎士《きし》にも使わせたいな。手錠《てじょう》の代わりになるぞ、これ。

「ちなみにこうして壁《かべ》に押し付けて使えば壁に固定もできる」

光の輪に拘束されたティカがもう一つの輪で壁に固定された。なるほど、こういう使い方もあるのか。

光の輪に拘束されたティカがなんとか逃げだそうとするが、まったく動くことができないみたいだ。

「博士、なぜ私を拘束するのでスか？」

「これから子供たちのところに行くからね。危険人物《ロリコン》は拘束していないとね」

「謀《はか》られたッ！」

ティカが首をぐいぐいと動かしてなんとか脱出《だっしゅつ》をしようとしている。うわあ、必死やん……。確かにこれは子供たちに会わせたくないわ……。

だけどこいつの性格って博士の性格の一部分をベースにしているんだよな……。博士《こいつ》も同類だと思うんだが。

◇
◇
◇

「それじゃルールを説明するね。この箱庭のブリュンヒルドに大勢の怪人を放ちます。怪人は街を荒《あ》らし、悪いことをするので、それを無力化し、捕《と》らえること。殺す……消滅《しょうめつ》させちゃったらダメです」

城の中庭に集まった子供たちにリンゼが説明を始める。それに対して娘のリンネがすぐさま、はいっ、と手を挙げた。

「捕《とら》えるだけ？　騎士団に引き渡さないでいいの？」

「それはこっちでやるから捕《つか》まえたら放置していいよ。捕らえないとポイントが手に入らないから気をつけて」

「ポイント……とはなんですの？」

今度はクーンが手を挙げる。いきなりポイントとか言われてもわからんよな。他のみんなもきょとんとしてるし。

「この訓練はポイント制です。町を破壊《はかい》したり、住民に迷惑《めいわく》をかけたり、怪人を消滅させてしまうとマイナスされ、怪人を捕まえるとプラスされます」

「ポイントを多く取るとなにが？」

「このポイントはご褒美《ほうび》ポイントです。一番高い子には冬夜さんがなんでも願い事を叶《かな》えてくれます」

『なんでもっ⁉』

子供たちの声が一斉《いっせい》にハモる。なんでも、といっても限界はあるのだが。どんな願いも叶えてやろう、の龍《りゅう》じゃないが、それは私の力を大きく超《こ》えている、と答えるしかない願いはやめてくれ。あと、願いを増やせという願いは受け付けません。

ご褒美にやる気になった子供たちに再度ルールを説明する。

怪人を捕えるとプラスポイント。

怪人を消滅させてしまうとマイナスポイント。他に子供たちの攻撃《こうげき》で町に被害《ひがい》が与えられた時もマイナスポイント。

さらに怪人が町で悪さをすると、全体的にポイントが下がる。これが一定ポイント以下だと、ご褒美は無し。

つまり子供たちは町で怪人に悪さをさせないように、次々捕らえていかないといけないわけだ。

「あの、たとえば怪人に麻痺《まひ》弾《だん》を撃《う》ったとして、それが外れて町の壁を傷つけたとしてもマイナスですか?」

「大きくマイナスではないけど、微量《びりょう》のマイナスポイントね。まあ、それで怪人を捕まえられるならプラスになるのでしょうけど」

クーンの質問にリーンが答える。まあ、どんなに被害を抑えようと思っても出る時は出るからな……。

ちなみに町の住人がいるところでの魔法攻撃《まほうこうげき》などもマイナスである。要は迷惑をかけるな、ということだ。

誤解を恐《おそ》れずにいうと、マイナスポイントを稼《かせ》ぎまくって、ご褒美無しというパターンも僕的にはありがたかったり……。けど、子供たちの成長を願うなら、ちゃんと手加減を学んでほしい。ううん、ジレンマだなぁ……。

「それじゃ始めるよ」

『はーい!』

元気な返事とともに子供たちが箱庭の中へと吸《す》い込まれていく。同時に箱庭の周囲にぐるりとホログラムウィンドウがいくつも開き、箱庭の町の様子が映し出された。人々がモノクロなだけで、あとは本物と一緒《いっしょ》だなあ。

その町の中に子供たちの姿が現れる。みんな周りをキョロキョロとしながら、箱庭の町並みに驚《おどろ》いていた。

「では怪人《かいじん》の投入だ」

博士が目の前に浮かぶコンソールに指を滑《すべ》らせると、別ウィンドウに捕縛する怪人の姿が浮かび上がった。

怪人ってこれか？　全身黒タイツで仮面を被《かぶ》っている……。怪人というより『イー！』とか言い出しそうな、どこぞの戦闘員《せんとういん》なんだが。

「ふふふ、楽しいショーの始まりだ」

「……やっぱり悪の首領はお前だわ」

博士が悪そうな笑顔《えがお》でピッ、とウィンドウに触れると、町のあちこちで悲鳴が上がる。投入された怪人たちが暴れ始めたのだ。

といってもやってることは、売り物の果物を勝手に食べたり、店先で喧嘩《けんか》をしたり、女の子を追いかけ回したりと、なんともスケールが小さい。いやどれもこれも見逃《みのが》せない犯罪ではあるんだけども。

「でも実際、町の住人が困るのはこういった類《たぐい》の犯罪よ？」

「ですね。冒険者崩《ぼうけんしゃくず》れなどがよくやる行動をちゃんとなぞってます」

リーンとユミナの言う通り、ちょっと荒れた町に行くとああいった輩《やから》は多い。ウチだってまったくいないわけじゃないし。

この町の住人がああいった犯罪をすることはないが、外から来た荒くれ者がやらかすこともある。

事実、手加減して取り押《お》さえなきゃいけないのはああいうタイプの奴《やつ》らだ。強盗やお尋ね者なら最悪切り捨てても問題はないし。

「よ、よし、では各自散開して怪人たちを取り押さえよう」

「ふふん、負けないんだよ！」

八雲の言葉にフレイが気合いいっぱいというように両拳《こぶし》を握《にぎ》る。

「よーし！　【キラキラハート・バビロン・ウェイヴ】！」

リンネが一番にブレスレットを天に翳《かざ》し、光の繭《まゆ》に包まれる。パパパパパン！　と小気味良い光の弾ける音がして、青い魔法少女の姿に変わる。

「お先にっ！」

ポーン！　とウサギが跳ねるような大跳躍でリンネが町の屋根の上に飛び上がり、そのまま駆《か》けていった。

「あっ、リンネズルい！　リイル、ボクたちもいくよ！」

「う、うん、アリスお姉ちゃん」

リンネを追いかけるように、アリスとリイルもそれぞれアイスブルーとミントブルーの魔法少女となって町の屋根を駆けていく。できれば普通に道を走ってほしい……。

別ウィンドウでは屋根を駆けるリンネの姿が映っている。どうやらカメラは自動で子供一人一人を追ってくれるようだ。

「見つけたっ！」

『ヌイー⁉』

リンネが屋根の上から、八百屋の軒先《のきさき》で暴れて野菜をぶちまけている怪人を発見する。いや、それよりも怪人の叫《さけ》び声《ごえ》『ヌイー』なんだ……。

「たあっ！」

『ヌイッ⁉』

屋根から飛び降りたリンネは野菜を詰《つ》めた木箱を持つ怪人に蹴《け》りを放つ。いつもの【グラビティ】込みの重さの乗った蹴りをしないだけ、リンネ的には手加減をしているのだろう。

怪人が野菜をぶちまけて地面に倒れる。と同時に光の粒となって消えてしまった。なるほど、オーバーキルするとこうなるのか。

「ええっ⁉　今のでダメ⁉」

「ああ、言い忘れていたが、怪人たちは力は強いんだが、とても打たれ弱くできている。力加減を間違《まちが》えるとあっさりと消滅するから気をつけて」

「聞いてないよー！」

博士のアナウンスにリンネが空へ向けて吠《ほ》える。いやでも、あの蹴りを普通の人間が受けたら間違いなく骨折くらいはしていると思う。

営業妨害《ぼうがい》をしただけで骨折させるってのはやり過ぎな気が……そうでもないのか？　八百屋さんにとっては死活問題だし。

「怪人を消滅させてしまったのでリンネはマイナスポイント。野菜もダメにしてしまったので、さらに微《び》マイナスポイントだね」

「ああっ、ご、ごめんなさい！」

落ちた野菜をリンネが拾い集め、木箱へと戻《もど》す。中には傷がついてしまって売り物にはならなくなってしまったものもあるな。うん、町の人たちに迷惑をかけてはいけない。マイナスポイントもむべなるかな。まあ、ちょっとだろうけどさ。

「リンネ……」

はぁ、と小さくリンゼがため息をつく。細かい配慮《はいりょ》ができないのがリンネの短所であるが、それらも成長すればやがて改善されていくだろう。……たぶん。

「ああっ、吹《ふ》っ飛ばしてはダメじゃ！　ステフ！」

スゥの声にそちらの画面を覗《のぞ》いてみると、黄色い魔法少女となったステフが体当たりで怪人をぶっ飛ばしているところだった。

怪人は反対側の壁まで飛ばされ、ぶつかった衝撃《しょうげき》で光の粒となって消える。こっちもか……。ホントうちの子らって手加減苦手なんだな……。

「よっし！　いいわよ、エルナ！」

逆に最初に怪人を取り押さえたのはエルゼの娘であるエルナである。

【アイスバインド】で足を固定し、動けないところを魔法の杖《つえ》が出す光の輪で見事拘束した。

初ポイントはエルナか。

その隣《となり》の画面ではクーンが杖ではなく、妙《みょう》な形をした銃《じゅう》を怪人に向けて構えていた。

「捕縛っ！」

『ヌイー⁉』

バンッ！　という音と共に、銃から怪人に向けて投網《とあみ》のようなものが撃ち出される。頭上から落ちてきたネットに絡《から》まり動きを封《ふう》じられた怪人に、クーンが反対の手に持った杖で光の輪を出して拘束する。

「ふふっ、ポイントゲット！」

「あれっていいのかしら……？」

「ううーん……。『手加減を覚える』って本来の目的からは逸《そ》れている気がするけど、ちゃんと捕縛できてるし……」

クーンの行動に、リーンと二人、彼女の両親揃《そろ》って首を傾《かし》げる。

手加減どうこうじゃなく、もはやあれは装備頼《だよ》りだよな……。確かにあれを使えば誰でも捕縛できるんだろうけど。

とりあえずまあ……アリってことにしとこう。ズルしてるわけではないし。

「「あ」」

別画面で八雲とフレイの声が同時に聞こえ、そちらへと視線を向ける。

その画面の前では八重が天を仰《あお》ぎ、ヒルダが顔を手で覆《おお》っていた。

「力を入れすぎでござる……」

「相手を飛ばすほど突く必要はないのに……」

どうやら八雲とフレイが力加減を間違えて怪人たちを吹っ飛ばしてしまったようだ。当然怪人たちは消え、マイナスポイントである。

意外だな。八雲とかフレイは騎士団の連中と試合なんかをしてるから、ある程度手加減はできると思ったんだけど。

あれ？　騎士団《みんな》との試合とか訓練って寸止めだったか？　相手に当てないで勝負が決ま

るやつ。

だとしたら力加減を間違えるのも仕方がない……のか、な？

その後、八雲とフレイはさらに何回か怪人を消してしまったが、やがてコツを掴めたのか、うまく気絶させるレベルの攻撃ができるようになった。

「みんなと比べてアーシアはそつなく倒してるな」

「火加減、味加減……加減は調理に必須《ひっす》な能力ですから。手加減もお手のものです」

ルーがまるで自分のことのようにアーシアのことを褒《ほ》める。なるほどな。……え、火加減と手加減って同じか？

ギリギリの線を見極《みきわ》めるって意味では同じことなのかな？　よくわからん……。

「むう。王様、このヨシノの場合もマイナス入る？」

「ん？　あー……そうだね。たぶんちょっとマイナスかなぁ……」

桜が見ていた画面では、ヨシノが演奏魔法のキーボードを出して、子守唄《こもりうた》を歌っていた。

その魔法効果により、怪人はその場に倒れ、あっさりと寝《ね》てしまう。

動かなくなった怪人をヨシノが簡単に捕縛する。うん、それ自体は問題ないんだけども。

怪人を眠《ねむ》らせると同時に、町の人たちも眠らせてしまっているんだよね。これはいただけない。

だけども誰にも全く迷惑をかけずに取り押さえるってのはけっこう難しいからなあ。マイナスといっても微量だと思うが。

「リイル、そっち行ったよ！」

「う、うん！　【虹光晶壁《プリズマウォール》】！」

『ヌイッ⁉』

リイルの手前で走っていた怪人が突然《とつぜん》何かにぶつかったようにして倒れた。よく見ると透明《とうめい》な壁がある。水晶の壁か。あれに正面からぶつかったんだな。

追いついたアリスが手にした杖で倒れた怪人を捕縛する。

うん、特にマイナスもなく捕まえたな。

「やったね！」

「よかった……」

嬉《うれ》しそうにハイタッチするアリスとリイル。本当に姉妹《しまい》みたいだな。

「アリスもリイルも楽しそうでよかったわ」

「二人とも可愛《かわい》い。録画しないと」

「うむ。永久保存だな！」

メルとリセ、それにネイが、二人の活躍《かつやく》を喜んでいる。エンデのやつも画面をスマホで録画しているみたいだ。後で編集したやつをあげるって言ったんだけどな……。

「けっこうみんな慣れてきましたね。初めの時より楽に捕縛できるようになってます」

画面を見ながらユミナがそんな評価を下す。力加減ができなかった八雲やフレイも二回に一回はちゃんと気絶させ、光の輪で捕縛している。リンネもやっと力加減を覚えてきたみたいだ。

クーンやアーシア、エルナは相変わらず安全に倒《たお》しているし、ヨシノも住民を巻き込んではいるけど、まあ……。

アリスとリイルのコンビもうまく倒してポイントを稼いでいる。問題は……。

「うーっ、またきえたぁ！」

「むぅ……。ステフ……」

ステフが何回目かの【プリズン】での体当たりをかまし、また怪人が消滅した。スゥが心配そうに画面を見ている。

うーむ、体当たりで手加減って難しいのかもしれない。ステフは軽いから【アクセル】で勢いをつけないとある程度の威力《いりょく》を出せないしな。

スゥの横で画面を見ていた久遠《くおん》が、ステフの方へ語りかける。

「ステフ、聞こえる？」

「にーさま！　てきがね、すぐきえちゃうの！　つかまえられないの！」

涙声《なみだごえ》で久遠に訴《うった》えるステフ。こんな小さな子に手加減っていっても難しいよな。もう少し設定をいじってもらうべきだったか……。

「あのね？　【プリズン】は本来相手を拘束するもので、体当たりをする必要はないんだよ？」

「「あ」」

「ほへ？」

久遠の当たり前の言葉に、僕《ぼく》とスゥは間の抜《ぬ》けた声を漏《も》らし、ステフはいまいちよくわかっていない声を発した。

ちょうどそこへ女の子を追いかけ回していた怪人が通りがかる。

「えっとぉ……【プリズン】？」

『ヌイーッ!?』

棺桶《かんおけ》のような直方体の【プリズン】が怪人の周りに展開し、勢い余ってそのまま、バターンッ！　と倒れる。

ステフが駆け寄って杖でペチンと怪人を叩《たた》くと、光の輪が出現し、そのまま拘束した。

「できた！」

「おめでとう、ステフ」

「ありがとう、にーさま！」

先ほどの泣き顔はどこへやら、満面の笑《え》みを浮《う》かべ、ウキウキと次の怪人へ向けて突撃《とつげき》を始めるステフ。それを見て満足そうに微笑《ほほえ》む久遠。

「やれやれ……。え、なんですか、その目は……？」

久遠が僕とユミナ、そしてスゥの方を向くなり、むむっ、と眉根《まゆね》を寄せる。おっと、ニヤついていたのがバレたようだ。

「別にぃ？　お兄ちゃんしてるなぁ、って思っただけで〜」

「そうですね。妹想《おも》いの優《やさ》しい自慢《じまん》の息子《むすこ》です」

「うむ。的確なアドバイスじゃったぞ！　久遠はいいお兄ちゃんじゃ！」

僕らが口々に褒めると久遠は顔を真っ赤にして、プイッ、とそっぽを向いた。もしかして照れてる？　普段クールな久遠のこんな姿は珍《めずら》しいな。

妹想いのお兄ちゃんで僕も嬉しいよ。僕は妹に何もしてやれないからな……。

全てが終わったら久遠たちを地球に連れて行ってあげたいと思っているけれど、その時に冬花《いもうと》に会わせてあげられるといいな。年下の叔母《おば》さんだけれども。

いや、久遠たちは未来から来ているから普通に年上なのか……？　ややこしいな。

ステフが怪人をゲットできるようになり、全員が順調にポイントを伸《の》ばし始めているようだ。

公平を期すために、獲得《かくとく》ポイントは博士以外にはわからないようになっている。そもそも怪人が何ポイントで、怪人を消滅させるとマイナス何ポイントかも僕らにはわからないのだ。

もしも消滅ポイントが獲得ポイントよりも大きいならば、序盤《じょばん》でけっこうマイナスしてしまったステフは、それ以上のポイントをゲットしなければならないわけで。

だからといってステフの勝ちがないわけではない。【プリズン】は何よりも捕縛に向いた魔法《まほう》だ。ここからの逆転だってありうる。

「だけど、アレよね……。怪人のやってることが軽犯罪ばかりなのはわかるのだけど……」

「ええ……。覗きとか痴漢行為《ちかんこうい》までってのはどうなんですかね……」

「アレは思い切り殴《なぐ》ってもマイナスポイントにならないと思う」

リーンとリンゼ、桜が画面の中で公衆浴場を覗き、女の子のお尻《しり》を触《さわ》って逃げる怪人を見ながらチベットスナギツネのような目をしていた。

別に僕は関係ないのに、男として責められているような気がするのはなんでだろう……。

覗きも痴漢《ちかん》もしたことはないのに……嘘《うそ》です。覗きは何度かあった。見ようとして見たわけじゃないけど！

そんな焦《あせ》りを見せるわけにもいかず、僕はただ無心に怪人を捕まえていく子供たちを見るのに集中した。

「ところでこれってどうすれば終わりますの？」

「ふむ。そろそろ大怪人を投入するか」

ルーの疑問に博士がそんな呟《つぶや》きを漏らす。大怪人ってなんだよ。特撮《とくさつ》番組よろしく巨大《きょだい》化《か》するんじゃないだろうな？

町のメインストリートに新たな怪人が現れる。おっ、今度の怪人は姿が違うな。白いコートを着ている。って、ちょっと待て。

「おい、あれ僕のコートと全く同じなんだが」

「ボスキャラっぽさを出したくてね。さすがに姿形まで冬夜君じゃイメージが悪いかと思ってコートだけにした」

あれだけでも充分《じゆうぶん》イメージ悪いわ！　なんだ、コートを着たらボスキャラっぽいのか!?

「今までの怪人とは違って、大怪人は反撃《はんげき》してくるから気をつけなよ？　大怪人を捕らえたらゲーム終了《しゆうりよう》だから頑張《がんば》って」

「反撃してくるのか？　大丈夫《だいじょうぶ》なんだろうな？　安全性とか……」

「いや、それをテストする実験だろう？　なに、怪我《けが》はしないように攻撃するから、まあ見ていたまえ」

怪我はしないように攻撃って、どうするんだ？　ハリセンでも使って攻撃するのか？

「いたー！」

大怪人と初遭遇したのはリンネだった。猛《もう》ダッシュで駆け寄り、杖を振《ふ》りかぶる。

そんなリンネを見据《みす》え、仮面を被った白コートの大怪人は、懐《ふところ》から何かを取り出す。

あれは……灰色のブリュンヒルド？

大怪人が引き金を引いたブリュンヒルドから光る蜘蛛《くも》の巣のようなものが撃ち出され、リンネに被せられる。

「なにこれー!?　動けないーっ!?」

光る蜘蛛の巣で地面に縫《ぬ》い付けられたリンネがもがいている。

なんだろう……。蜘蛛の巣に捕まった虫みたいでイメージ悪いな……。しかもそれが自分の娘ってのがまた心苦しいのだが。

「その光る蜘蛛の巣は一定時間経《た》たないと消えない。リンネ君はしばらく休みだね」

「むきーっ！」

なるほど、怪我をさせない攻撃ってそういうことか。クーンの投網銃《とあみじゅう》の進化系ってとこかな。

捕縛する側が捕縛される……皮肉なことだ。

ジタバタもがくリンネを置いて、大怪人が逃走《とうそう》する。

あ、逃げる際に町の女の子のお尻を触っていきやがった。

「さらりと痴漢してったわね……」

「後ろ姿だけ見てると冬夜さんが痴漢したような……」

「とばっちり！」

エルゼリンゼ姉妹に謂《いわ》れのない風評被害を食らう。大怪人でもやることは怪人と変わらないのか。

やるならもっとこう大犯罪的な……いや、そんなんやられても困るんだけどさ。

僕の気持ちとは裏腹に、大怪人も店先で騒《さわ》ぎ、喧嘩をし、風呂《ふろ》を覗いて好き放題している。

「今度は覗きまで……」

「やっぱり後ろ姿が冬夜さんに……」

「おい、あいつの設定に悪意を感じるんだが」

「気のせい、気のせい」

博士がケラケラと笑うが、白いコートとかブリュンヒルドとか、明らかに誰《だれ》かをモデルにしてるだろ！

僕が博士にイラついていると、画面の中では大怪人に今度はステフが挑戦《ちょうせん》していた。

「【プリズン】！」

ステフが必殺の【プリズン】を展開する。さすがにこれは逃げられない……と思ったら、大怪人はその【プリズン】に頭突《ずつ》きをかまして破壊してしまった。

「うそっ!?」

「【プリズン】を破るなんて……」

「ボスキャラがそう簡単に捕まったら面白《おもしろ》くないだろう?」

こいつ……なにか変な設定したな?

あそこで戦っている子供たちはあくまで疑似的な空間にいる。言ってみれば風景も人物も幻《まぼろし》のようなものだから、【プリズン】を破ることも不可能ではないのだろう。

大怪人はブリュンヒルドから光る蜘蛛の巣を撃ち出すとリンネに続いてステフも地面に縫い付けてしまった。

「むーっ！」

リンネと同じような反応をするステフ。やっぱり姉妹だな。

大怪人はすたこらとその場から逃げ出したが、逃走の際に町の女の子のスカートをめくるのも忘れない。だからそれやめろ。なんかこっちがいたたまれなくなるだろ。

「見つけたんだよ！」

「逃《のが》さぬ！」

逃走してた大怪人の前に八雲とフレイが現れる。

杖をまるで剣《けん》や刀のように手にして、大怪人との距離《きょり》を一気に詰めた。

大怪人は後ろに跳《と》び退きつつ、光の網《あみ》を自分のいた地面に撃ち込《こ》む。

蜘蛛の巣のように広がった光の網に二人が足を踏《ふ》み入れた途端《とたん》、そのままバターーン！

と前のめりに倒れてしまった。

「動けないんだよー!?」

「ぐぬぬ……！」

あの光の網はトリモチみたいにもなるのか。というか、あからさまに怪《あや》しいものに突っ込んじゃダメだろ。

「【薔薇晶棘《プリズマローズ》】！」

『ヌ』

八雲とフレイを封じ、逃走しようとしていた大怪人の頭上から、アリスとリイルの二人が襲《おそ》いかかる。

彼女《かのじょ》らの手から放たれた水晶《すいしょう》の荊《いばら》が大怪人をぐるりと取り囲み、ギュッ！　と拘束する。が、次の瞬間《しゅんかん》、大怪人は光の粒《つぶ》となって消え、別のところに再出現した。

「今のはアウトってことか？」

「締《し》め付ける力が強すぎたんでしょうね」

僕の疑問にリンゼからそんな言葉が返ってくる。

難しいな。個人的にはあんな風評被害野郎《ひがいやろう》、多少痛めつけても構わないんじゃや？　なんて思ってしまうが。

倒されたところのすぐそばに出現した大怪人は、奇襲《きしゅう》に失敗した（ある意味成功した？）アリスとリイルに向けて、ブリュンヒルドから光の網を放つ。

アリスとリイルが二人仲良く壁に張り付けにされ、再び大怪人が逃走を始めようとしたとき、突然彼《とつぜんかれ》はパタリと力を失ったかのように地面に倒れてしまった。なんだ!?

「よっと」

そこへ現れたヨシノが手にした杖をポンと大怪人の背に当てて、光の輪で拘束する。

ヨシノの子守唄か！　よく見ると張り付けにされているアリスとリイルまで眠っていた。

大怪人も睡魔《すいま》には勝てなかった、ということなのか？

「ヨシノはやる子。でかした」

ふふん、とドヤ顔をする桜に対して、むむむ、と眉根を寄せる八重とヒルダ。張り合うな、張り合うな。

「うむ、ここまでだね。ゲーム終了。お疲《つか》れさん」

ビビーッ！　とブザーのようなものが鳴り響《ひび》き、子供たちが中庭に戻ってきた。終わったか。

これで子供たちが手加減を覚えられたかどうかは微妙《びみょう》ではあるが、みんなが楽しめたならまあいいかな。

問題は優勝者のお願いを僕がきかなきゃならないってことだが……結局誰が優勝したんだ？　やっぱり大怪人を捕らえたヨシノか？

「では三位から発表していくよ。三位はヨシノ。大怪人を捕まえたけど、それまでのマイナスポイントが影響《えいきょう》してしまったかな」

あれ？　ヨシノが三位か。これは意外。だけども確かに住民まで眠らせていたからなあ。

本来ならかなり危ない。店主が寝てる隙《すき》に泥棒《どろぼう》が入った、なんてこともないわけじゃないし。

無差別に眠らせるのではなく、犯人だけを眠らせる、そういう状況《じょうきょう》にどう持っていくかが今後の課題だな。

「ちなみに四位はクーン。序盤は順調だったけど、途中《とちゅう》から箱庭の観察に移行していったね？」

「むぐぅ……一度考えるとどうしても気になって」

クーンは怪人を捕まえるより、箱庭のシステムが気になって後半は細かいところまで観察していたんだそうだ。それでも四位ってのはすごい気もするが。

「で、二位はエルナ。黙々《もくもく》と怪人を捕まえて確実にポイントを伸ばした。マイナスポイントもなかったね」

「さすがエルナ！」

「えへへ」

照れるエルナにエルゼが抱《だ》きつく。

エルナは大怪人が現れてもそれを探すでもなく、黙々と目の前の怪人を捕まえていったみたいだ。コツコツとポイントを稼いだ二位か。なら一位は？

「そして優勝は……アーシア！　的確に、そして迅速《じんそく》に怪人を捕らえ、効率の良いポイント稼ぎをしたね。大怪人が出ても無視して怪人のポイントを取り続けた。エルナとの差は次の怪人に移るスピードの差だと思うよ」

「時短は料理の要ですから。いかに効率良く回せるか常に考えて動かないと」

アーシアが料理にたとえるけど、関係あるか？　それ……？　いや、料理も手際《てぎわ》よくやらないと時間ばかりかかって、不味《まず》いものが出来上がってしまうから効率を考えるってのは同じなのかもしれないけれども。

しかし優勝はアーシアか。いったいどんなお願いをされるのかちょっと怖《こわ》いんだが……。

◇◇◇

「ふおぉぉぉぉ！　ピカピカ！　素敵《すてき》ですわ！」

「喜んでもらえてよかったよ」

アーシアのお願いは『自分自身のキッチンが欲《ほ》しい』とのことだったので、スマホの【ストレージ】に収納できる、小さなキッチンスペースを博士と一緒に作ってあげた。

広さは八畳《じょう》ほど。L字型のシステムキッチンと、大きなテーブルが付いている。

三つの魔導《まどう》コンロと、魔導オーブン。水垢《みずあか》のつかない総ミスリルのシンク、【プロテクション】がかけられた汚《よご》れ知らずの大理石カウンター。

水は大型の水の魔石から周囲の魔素を取り込んで、いくらでも出すことができ、排水《はいすい》も転移魔法で別のところへ排出《はいしゅつ》されるようになっている。

室内で調理しても大丈夫なように、煙《けむり》を完全に吸収し、清浄《せいじょう》な空気に変えてしまう魔導換気扇《かんきせん》も完備。

極《きわ》め付けは晶材《しょうざい》やミスリルで作り上げた高級調理具セットだ。晶材の包丁で切れないよう、まな板も晶材製にしてある。

これらがアーシアの【ストレージ】でどこでも呼び出せるようになっている。我ながらいい仕事をした。

「くっ……これは私《わたくし》も欲しいですわ……！」

僕の隣でなぜか悔《くや》しがっているルー。そう思って実はルーの分も用意してあるが、今日は渡《わた》さない。なぜかって？　目の前にドヤ顔した娘《むすめ》がいるからさ。あくまでこれはアーシアへのご褒美だからね。

「さっそくなにか作りますわ！　お父様、リクエストはありますか？」

「そうだな……。グラタンとか、餃子《ギョーザ》とか……ローストビーフとか？」

ちらりとルーの方に目を向け、僕はわざと一人で作るには手間のかかる料理をいくつかリクエストした。

「グラタンに餃子、ローストビーフですか……。お母様、手伝ってもらえます？」

「し、仕方ないですわね！　どれもこれも手間がかかりますし？　手分けしてやる方が効率的ですものね！」

ウキウキとした足取りでルーがキッチンへと入っていく。新しいキッチンを使えるのがよほど嬉しいらしい。一週間ほどしたら同じのをプレゼントしよう。

「さて、まずはグラタンから作りますわ！　お母様はホワイトソースを！」

「おまかせですわ！」

新しいキッチンで楽しそうに料理をする母娘《おやこ》を見て和《なご》みながら、僕はキッチンの椅子《いす》に腰《こし》を下ろした。

グラタンと餃子とローストビーフか……。全部食べられるかな……。

あとがき。

『異世界はスマートフォンとともに。』第29巻をお届けしました。楽しんでいただけましたでしょうか。

……という、いつもの挨拶に続いて、謝らなければならないことがひとつ。

28巻第三章において、「『黒』の王冠であるノワールと『白』の王冠であるアルブスの二体は、クロム・ランシェスの暴走により、時を越え千年前のベルファストへと流れ着いた」とありますが、ここの文章、間違いです。カットすべきものをそのままスルーしてしまいました……。

千年前のアーサー・エルネス・ベルファストの起こした暴走によりノワールは時を超え、アルブスは湖へ落ちた、という設定が正しく、なろうで勘違いして書いてしまい、そのまま修正するのを忘れていました……。

なろうだといつでも修正できるのですけど、書籍だと一度発刊してしまうと、そう簡単にはできません。……増刷でもしない限り。

電子書籍の方はそのうち修正されるかもしれませんが、すでに発刊した書籍版ではこのままです。申し訳ない。

以前も変異種がまだ登場していないのに変異種という名称を出してたりというミスをしました……。こういったミスはずっと心の中に引きずるので、本当にきちんとしないといけないなあと……。ハァ……。

そしてアニメ二期。

一期の時も思いましたが、始まるまでが長く、始まったらあっという間の三ヶ月でした。

二期が製作されるまで長い時間はかかりましたが、視聴者の皆さんの応援があっての二期だったと思います。

製作していただいたアニメスタッフ、営業さん、声優さんたちにも感謝を。いろんな方に支えられてできた二期でした。

一期が終わってからもずっとアニメを応援していただいて本当にありがとうございます。

応援してくれた皆さんが楽しんでいただけたのなら嬉しいです。

なろうの方では長かったこのお話も、いよいよラストへと向けて舵を取り始めました。巻数で言うと、おそらく32巻あたりで大団円を迎えるのではないかと……。

もうすでにそこまでの筋道は考えてあるのですが、最後の巻だけ分厚い、なんてことにならないように、書籍版一冊の中でキリよく終わるために調整を始めています。

ウェブ版のストックがもうなくなってしまって、刊行スピードは落ちるかもですが、最後までお付き合い下されば幸いです。

それでは今回も謝辞を。

イラスト担当の兎塚エイジ様。子供たち全員分の魔法少女デザインをありがとうございました。次巻もよろしくお願い致します。

担当のK様、ホビージャパン編集部の皆様、本書の出版に関わった皆様方、いつもありがとうございます。

そして『小説家になろう』と本書、読んで下さる全ての読者の方々に感謝の念を。

冬原パトラ

邪神の使徒たちの動きに
後手に回っていた冬夜たちだが、
ついに方舟の位置を捕えることに成功した。
フォンとともに。30
2024年春頃発売予定！

ここから反撃開始の
強襲作戦が
始動する——!!
異世界はスマート
冬原パトラ
illustration■兎塚エイジ

コミカライズも連載中の
スナイパー英雄譚！
漫画：瀬菜モナコ
原作：かたなかじ　キャラクター原案：赤井てら
著／かたなかじ
イラスト／赤井てら
発売予定!!